RYU NOVELS

帝国海軍激戦譜③

ギルバート諸島炎上！

和泉祐司

帝国海軍激戦譜③／目次

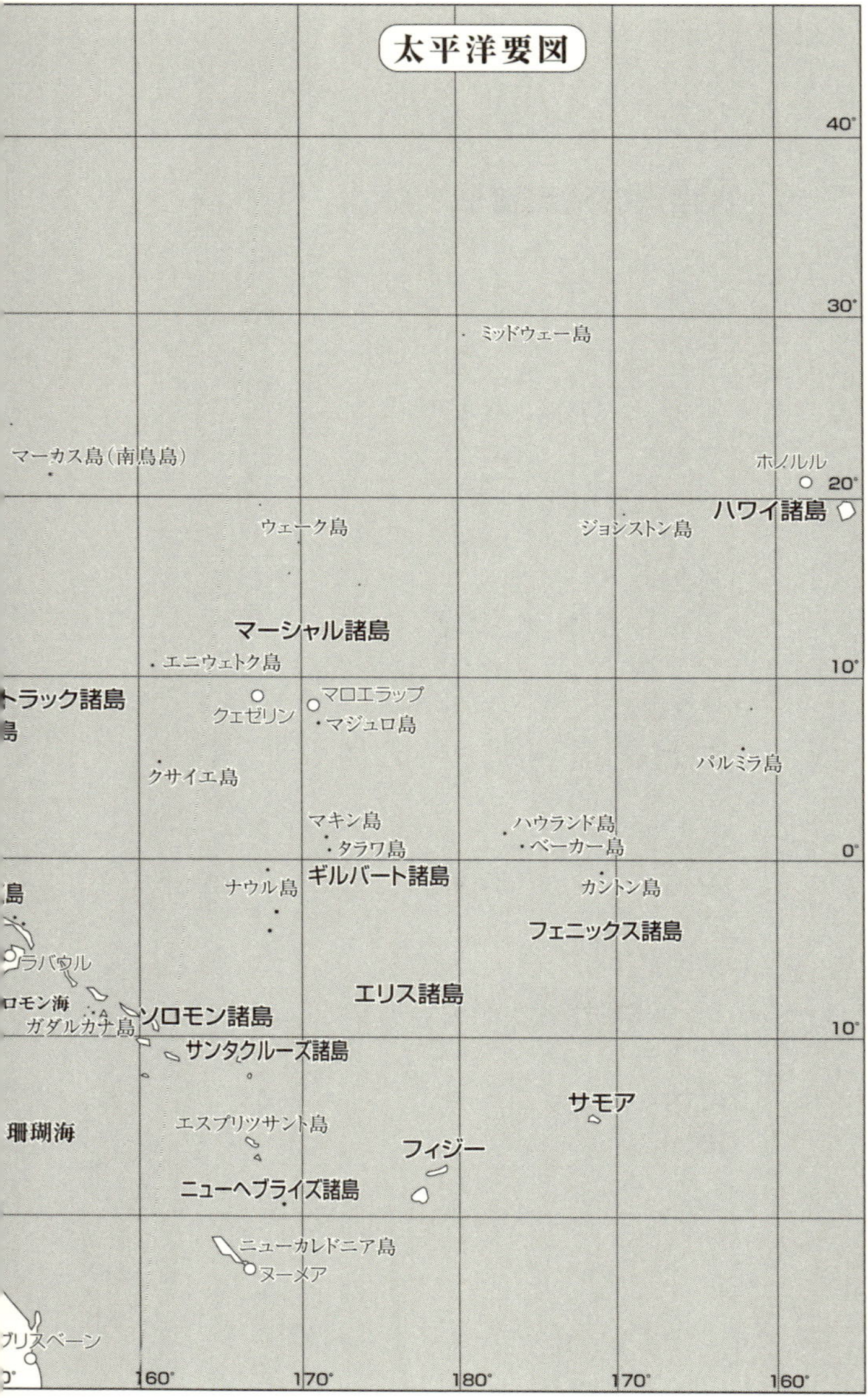
太平洋要図
40°
30°
ミッドウェー島
マーカス島（南鳥島）
ホノルル
20°
ハワイ諸島
ウェーク島
ジョシストン島
マーシャル諸島
エニウェトク島
10°
トラック諸島
マロエラップ
クェゼリン
マジュロ島
パルミラ島
クサイエ島
マキン島
ハウランド島
タラワ島
ベーカー島
0°
ギルバート諸島
ナウル島
カントン島
フェニックス諸島
ラバウル
エリス諸島
ロモン海
ソロモン諸島
ガダルカナ島
10°
サンタクルーズ諸島
サモア
珊瑚海
エスプリッサント島
フィジー
ニューヘブライズ諸島
ニューカレドニア島
ヌーメア
ブリスベーン
160°
170°
180°
170°
160°

満州
中国
ビルマ
タイ
仏印
香港
マニラ
フィリピン
マリアナ諸島
グアム島
カロリン
ダバオ
パラオ
ペナン
マレー半島
セレベス海
シンガポール
ボルネオ島
マカッサル海峡
スマトラ島
インドネシア
ジャワ島
ロンボク海峡
ビスマ
ニューギニア島
ラエ
ポートモレスビー
インド洋
タウンズビル
オーストラリア
100°
110°
120°
130°
140°

第1章　ハワイ作戦

1

大正一一年二月六日、日本政府は戦艦と航空母艦の保有比率を、アメリカとイギリス海軍が一〇、日本海軍が六、フランスとイタリア海軍を三・五とするワシントン会議の決議を受け入れた。

さらに昭和五年四月二二日には、巡洋艦や駆逐艦、潜水艦など補助艦艇の総保有トン数をアメリカ海軍五二万六二〇〇トン、イギリス海軍五四万一七〇〇トン、日本海軍三六万七〇五〇トンとするロンドン条約に調印した。

梶原主馬《かずま》海軍大尉は昭和六年一〇月にアメリカ駐在を終えて帰国し、航空本部出仕となった。梶原大尉は技術部長山本五十六少将から海軍の空軍化に関する具現化を命ぜられた。山本少将は、日本海軍の生きる道は海軍の空軍化しかないと言うのだ。

梶原は、世界水準を上回る性能の航空機開発、民間の大量生産工場を稼働させる海軍航空戦備計画をまとめ、昭和七年度から実施に移された。

一方、軍令部第一部第二課の草鹿龍之介中佐は、海軍の建艦計画である②計画で建造する水上機母艦の千歳と千代田を、短期間で蒼龍型空母に改造できるように基準排水量一万五〇〇〇トン、上甲板まで蒼龍型空母と同じ設計で建造するという秘策を組み入れていた。

昭和一一年初め、日本は第二次ロンドン会議から脱退し、昭和一二年一月一日から軍備条約無制限時代が始まった。

梶原はこれに対応する③計画を、戦艦二隻、空母二隻、海防艦四隻、駆逐艦一五隻、潜水艦一三隻、敷設艦二隻など計七〇隻、約二七万トンを整備する内容でまとめあげた。

このうちの敷設艦日進と瑞穂は②計画にならって、上甲板まで呉工廠で建造中の空母蒼龍と同じ設計になっている。日進と瑞穂は、進水一か月前に航空母艦へと設計変更され、空母白龍、鴻龍《こうりゅう》として竣工する。

海軍航空戦備計画は計画通り順調に進捗した。九六式艦戦、九六式陸攻が相ついで制式採用され、艦爆と艦攻の開発も順調に進んだ。このなかには、米軍の新型重爆XB17に対抗する一一試大攻の開発計画も入っている。

昭和一一年一二月一日、梶原は③計画の成立を待たず、連合艦隊参謀として海に出た。そこで梶原は連合艦隊司令長官米内光政中将から、海軍の空軍化を進めるなら航空機で戦艦を撃沈できる証《あかし》を示せとの助言を得た。

そして昭和一二年一一月、鹿島の射爆場で九七式艦攻から八〇番徹甲弾を投下し、戦艦と同等の防御鋼鈑を撃ち抜く実験が行われた。実験は見事に成功し、海軍の空軍化が正しい方針であることが実証された。

昭和一四年度からの④計画は、島嶼《とうしょ》防衛を戦略の柱ととらえ、艦艇は空母と小型艦を中心とし、航空戦力と潜水艦戦力を充実させ、電波兵器や音響兵器の早期実現を図る改④計画としてまとまり、実行に移された。

昭和一五年も押し詰まった頃、連合艦隊は艦攻による夜間魚雷攻撃演習を行った。艦攻隊は、すべての魚雷が仮想敵の戦艦に命中するという世界最高の技量を披露した。

これを見た連合艦隊司令長官山本五十六中将は、梶原に空母航空戦力による真珠湾攻撃の可能性の検討を命じた。梶原は、空母航空戦力による真珠湾攻撃は可能であると報告した。

昭和一六年四月一〇日、日米開戦は避けられないとの観測が広まるなか、梶原は軍令部で作戦を担当する第一課甲二部員となった。梶原は島嶼防衛に必要な戦備計画の実現に専念した。

八月に入ると、連合艦隊は軍令部に対してハワイ作戦を認めるよう圧力を強めてきた。ハワイ作戦が認められなければ、山本大将は連合艦隊司令長官を辞任すると言うのである。

結局、軍令部はハワイ作戦を認めず、山本大将は一〇月一八日に発足した小磯国昭内閣の海軍大臣となった。連合艦隊司令長官には、中央の意向を尊重する嶋田繁太郎大将が就任した。

一二月八日、輸送船団を護衛してクェゼリン環礁に向かっていた第一航空戦隊と、米第八機動部隊との間で戦闘が発生した。

日本側は空母赤城、アメリカ側は空母エンタープライズが重大な損害を受けた。アメリカと日本は互いに宣戦布告し、日独伊三国同盟によりドイツとイタリアもアメリカに宣戦布告した。ついに第二次世界大戦が始まったのである。

昭和一七年三月末までに日本軍はマレー、蘭印、ニューギニア北岸、ニューブリテン島を制圧した。五月の珊瑚海海戦では、角田覚治少将率いる第三航空戦隊が空母翔鶴を大破されながらも、米空母レキシントン、ヨークタウンを撃沈した。そして、陸軍は海軍の支援の下でポートモレスビーを陥れ、ニューギニアを制圧した。

八月初め、反撃に出たフレッチャー少将率いる米第一六機動部隊と、山口多聞少将率いる第二航空戦隊との間で南太平洋海戦が勃発。二航戦は空母雲龍と蒼龍が大破する損害を受けたが、米空母エンタープライズとホーネットを撃沈した。

唯一無傷の空母ワスプもニューカレドニアへの帰投中、イ一九が雷撃により撃沈した。

そして、ここで再び浮かび上がったのがハワイ作戦である。

八月二〇日、米国日本大使館付武官補佐官の実《さね》松《まつ》譲中佐が帰国し、九月五日に軍令部第五課勤務となった。実松中佐は米海軍の詳しい実情をもたらした。

それによると、現時点で米太平洋艦隊の空母戦力はサラトガ一隻のみだが、この年末から新鋭空母が続々と竣工する。したがって、ハワイ作戦を実施するなら、時期はこの年末までしかあり得ないと言う。

九月二五日、梶原は福留少将、富岡大佐、三代《みよ》中佐とともに横須賀の連合艦隊司令部へ向かった。この日から三日間にわたってハワイ作戦の図上演習が行われるのだ。

作戦室に入ると、布の覆いがかけられた三メートル四方の台が二つあった。そのまわりでは連合艦隊戦務参謀渡辺中佐が、数名の下士官へ指示を出し、図上演習の準備を進めている。

梶原が声をかけた。

「渡辺中佐、おはよう。しっかり見せてもらうよ」

「おう、少し待ってくれ。もうすぐ準備が終わる」

渡辺中佐は忙しく立ち働いていた。

午前九時、連合艦隊参謀長宇垣纏《まとめ》少将、第三艦隊司令長官小沢治三郎中将、参謀長草鹿龍之介

少将も姿を見せ、図上演習に参加する全員が揃った。

初めに宇垣少将が、ハワイ作戦について熱弁をふるった。

「日本軍は戦いの主導権を取り続ける必要がある。そのためにも米太平洋艦隊の根拠地である真珠湾を叩かなければならない。いまやハワイ真珠湾攻撃の機は熟した」

宇垣少将の熱弁が終わると、渡辺参謀による戦力の説明となった。

「機動部隊の編成である。機動部隊は、第三艦隊第一航空戦隊を中心とする第一群、第三航空戦隊を中心とする第二群に分かれる。

第一群は第一航空戦隊に加え、第一艦隊の戦艦大和、金剛、第三水雷戦隊で、指揮官は小沢治三郎中将である。第二群は第三航空戦隊と第一艦隊戦艦長門、霧島、それに第二艦隊の第四水雷戦隊で、指揮官は角田覚治少将である。総指揮官は小沢中将である。

航空隊の割り当てである。第六〇一航空隊は一航戦の赤城、加賀、黒龍、鶴龍に、第六五三航空隊は三航戦の翔鶴、瑞鶴、白龍、鴻龍に乗艦する」

水上機母艦千歳は呉工廠で蒼龍型正規空母への改修工事を終え、七月一日に竣工して黒龍と命名された。同じく千代田は横須賀工廠で改修され、六月三〇日に竣工して鶴龍と命名された。

再び宇垣参謀長が説明する。

「海軍戦力の半数近くを投入し、危険を冒して真珠湾攻撃を行うからには、最も重要な目標を確実に潰さなければならない」

渡辺参謀が立ち上がった。

「模型の覆いを外してくれ」

「おお、これは」

一斉に驚きの声があがった。梶原も粘土で作られた模型を見て驚いた。

一つはオアフ島全体の模型で、山の起伏、飛行場、ホノルルの町並みなどが手に取るようにわかる。もう一つは真珠湾の模型で、海軍工廠、鉄道線路、貯油施設、太平洋艦隊司令部の建物までが忠実に再現されている。

渡辺参謀が指し棒を使って説明する。

「この模型はオアフ島のすべての攻撃目標を表したものである。各指揮官は、模型から真珠湾の設備を確実に頭に入れてほしい。

まず、第一攻撃目標の飛行場である。ここが、米海軍のハレイワ航空基地だ」

渡辺参謀はオアフ島のハレイワ、ホイラー、カネオへ、ベロース、フォード、エバ、ヒッカム、ハーバースと八つの飛行場を次々と指し棒で示した。渡辺参謀は、エバとハーバースを不時着用飛行場と説明した。

「次は、海軍工廠と貯油施設である。ここまでは重要な攻撃目標として誰も異存はないであろう」

梶原も、真珠湾攻撃を実施するからには飛行場と海軍工廠、それに貯油施設はなんとしても破壊すべきだと考える。

さらに渡辺参謀は意外な攻撃目標を示した。

「この建物は、アメリカ太平洋艦隊司令部の建物である。この目標は工廠や飛行場以上に重要だ。太平洋艦隊司令部こそが、最重要攻撃目標と考えてもらいたい」

宇垣少将が念を押した。

「いいかな。艦隊中枢部、それはまぎれもなく司令部である。みんなも連合艦隊司令部が突然消え失せたらどうなるか、その計り知れない影響が予想できよう。

その重要目標こそが、アメリカ太平洋艦隊司令部であると信ずる。みなにはこの認識をしっかりと持ってもらいたい」

宇垣少将は、開いた「コ」の字型をした太平洋艦隊司令部の建物を何度もさした。

一一月五日、すべての訓練が終了した。訓練が終わるとすべての艦艇は母港へと戻り、点検と補給を受ける。

一一月一一日、柱島沖合から主要艦艇が姿を消した。その光景は横須賀、佐世保、舞鶴、大湊でも同じであった。すべての艦艇が三々五々、母港を出港して集結地である単冠湾《ひとかっぷわん》を目指した。

2

一一月一八日未明、赤城はいつもと同じように横須賀港を出港した。赤城の後ろには、一航戦第一分隊二番艦の新鋭空母黒龍が続く。

同じ頃、一航戦第二分隊の空母加賀と鶴龍が佐世保港を出港した。戦艦大和と金剛は、すでに一一日に柱島沖合から姿を消している。

一一月二三日午前、赤城は単冠湾に入港して錨《いかり》を降ろした。続々と艦船が入港してくる。

第一群だけでも戦艦二、空母四、軽巡二、駆逐艦三二、給油艦六隻もの大艦隊だ。

太平洋に面して寒風が吹きすさぶ、岩の多い単冠湾は横幅一〇キロ、奥行き一〇キロと広大だ。艦船は肩を寄せ合うように停泊したが、それでも数があまりにも多く、湾内に入りきれない艦が出た。そのような艦は湾外に停泊する。

その夜、空母赤城は例年のように新嘗祭《にいなめさい》を祝った。

「これが第一群か、壮観だな」

二四日の朝、六〇一空司令淵田美津男中佐は赤城の航空指揮所から湾内を見下ろしながら、となりの椅子に座る六〇一空戦闘飛行隊長板谷茂少佐に声をかけた。

　板谷少佐は感慨深げに応じた。

「見事だ。第二群も、この第一群と同じ規模の艦隊だ。これが世界一と謳《うた》われる海の精鋭なのだな」

　広大な湾内は遠くが霞んで見えない。その湾内が艦船で溢れている。

　二人はしばし雑談を交わした後、寒さを避けるため艦内に戻った。

　一一月二六日未明、機動部隊は単冠湾を出港した。単冠湾からオアフ島まで五八三四キロだが、航路の道のりはおよそ六二〇〇キロになる。

　外洋に出ると、第一群第一分隊は戦艦大和、空母赤城、黒龍を中心に航行する。その外側を第三水雷戦隊旗艦軽巡洋艦矢矧《やはぎ》、第三水雷戦隊第一二駆逐隊、第一九駆逐隊第一分隊の駆逐艦六隻で円陣を組んだ。軽巡矢矧は六月二九日に佐世保工廠で竣工し、第三水雷戦隊旗艦となっている。

　さらにその外側には、第一〇戦隊旗艦防空巡洋艦五十鈴、第一〇戦隊の松型駆逐艦八隻が輪形陣を組む。空母を二重の輪形陣で守る陣形だ。

　少し離れた後方には、第三水雷戦隊第四駆逐隊の駆逐艦四隻に守られた給油艦六隻が続く。

　第一群第一分隊の後方一〇海里には戦艦金剛、空母加賀、鶴龍を中心とする第二分隊が、第一分隊と同じ陣形で続く。そして、第二分隊の後方一〇海里に、第一群と同じ陣形で第二群が近づいてきた。

　第二群は第一群より二日遅れで母港を出港し、本土東方海上で編隊を組み、第一群に合流した。緻密な計算にしたがい、予定通りに行動するには高度な航行技量が必要になる。

　機動部隊を先導するのは、第一〇戦隊旗艦の防空巡洋艦五十鈴だ。五十鈴はハワイへ向け、針路九〇度で航行する。

午後になると機動部隊は安定航行に移り、赤城航海長の三浦義四郎中佐がガンルームに姿を見せた。

「おー、みんないるな」

三浦中佐が明るい表情で声をかけた。

「これから毎日、今日のような濃霧の中を航行するのか」

淵田中佐が心配そうに聞いた。

北緯四〇度以北の太平洋は、連日のように霧か雨、あるいは風雨の天候で、強い風と大きなうねりが続く。機動部隊にとっては身を隠すのに絶好の天候と言えるだろう。

「改良された電探は、霧の中でも三六〇度すべての範囲で航行する艦船を識別できる。だから電探を見ていれば、僚艦の位置や進む方向が正確にわかる。艦隊行動にはなんの支障もない。このままの天候が続いてくれればと思うよ」

淵田中佐は驚いたように言う。

「上空の航空機を無線電話で誘導する方法といい、電探の性能といい、一年前にはまったく考えられなかった。電波兵器の発達がこれほど急だとは、誰も想像できなかった」

悪天候が続くなか、機動部隊は無線封止のままなにごともなく航行を続ける。

一二月三日午前四時（ハワイ時間一二月二日午前八時三〇分）、南西の風、最大風速三五メートル、暴風雨の海で、五十鈴は予定通り針路九〇度から針路一四五度に大変針し、真珠湾の接敵地点へ向かった。

一二月四日、濃霧で視界不良だが、波は穏やかになってきた。一二月五日、この日も濃霧で隠密航行には絶好の天気である。

ガンルームに赤城の飛行長増田正吾中佐が入ってきた。

「おい、小沢長官の訓示がある。准士官以上に招集がかかった。士官室に集まれ」

五分で赤城の士官室に准士官以上が集まった。

小沢長官が熱弁をふるう。

「思えば三〇年、酷暑厳寒をしのぎ、狂瀾怒濤を冒し、日夜錬武に努めたるは、ひとえに今日に奉公するがためである。訓練すでになり、準備すでに整い、人智を尽くし、いまや物も人も不足はない。

この誠忠と海軍力をもって戦う以上、天下何事かならざるものはない。ここに成功を祝し、諸君の武運長久を祈る」

小沢長官の烈々たる訓示であった。

一二月六日（ハワイ時間五日）、海上は平穏で機動部隊は決戦前、最後の給油を行った。

第一群第一分隊に給油し、空になった第一補給隊の給油艦極東丸、健洋丸、国洋丸、神国丸、日枝丸、神津丸の六隻が極東丸艦長大藤正直大佐の指揮のもと、第三水雷戦隊第四駆逐隊の駆逐艦吹雪、白雪に守られ、「成功を祈る」の旗旒《きりゅう》信号を掲げながら本土へと戻って行った。

そして午前七時（現地時間一一時三〇分）、旗艦赤城にZ旗が掲げられ、全乗組員が配置につく。機動部隊は二二ノットの高速で戦場へ向けて南下する。

淵田中佐は板谷少佐と連れだって赤城神社を詣でた。ガンルームに戻ると、淵田中佐が司令らしい言葉を口にした。

「海軍は急激に空母の数を増やしている。だから、六〇一空も搭乗員の半数はこの四月に配属された新人だ。新人がいきなりハワイ作戦に赴く。ハワイ作戦で、米軍は多数の新鋭戦闘機を繰り出してくるだろう。心配な点も多々あるのではないか」

昭和一四年度から航空要員の大増員が始まった。今年四月配属の新人は大増員の一期生だ。搭乗員の質の低下が心配される。しかし、板谷少佐は自信をもって言った。

「確かに半数の搭乗員は三月に教育を終えて、四月に六〇一空に配属となった新人だ。だが、これまでの一〇か月間、厳しい実戦訓練を行ってきた。今では新人とは思えぬ高い技量を身につけている。なんの心配もない」

「これはと思う新人はいるか」

「赤城には森崎武少尉、辻之上豊光上飛兵、杉田庄一上飛兵、藤定正一上飛兵、矢頭元祐上飛兵、細田政治上飛兵、柳谷謙治上飛兵の新人七名が、戦闘機搭乗員として乗り込んでいる。

　俺は、杉田上飛兵と柳谷上飛兵の二人は大成すると見た。紫電改への転換訓練でも、二人は熟練搭乗員に負けぬほどの腕前を見せた」

　杉田上飛兵と柳谷上飛兵は、第三期丙種飛行予科練習生を卒業し、第一七期飛行練習生課程を経て、昭和一七年三月末に大分航空隊で戦闘機専修延長教育を修了した。

　丙種飛行予科練習生は、昭和一五年一〇月一日入隊の第一期はわずか三二名であった。それが、昭和一六年三月一日入隊の三期生は四〇二名に膨れ上がっている。戦闘機専修延長教育を修了した同期生は九〇名で、この中の三〇名が六〇一空、六五二空、六五三空に配属された。

「それは頼もしいな」

「新人搭乗員であろうとも、米軍がたとえ新鋭戦闘機で挑んでこようと十分戦える技量を身につけている。大丈夫だ。心配ない。彼らは必ず期待に応えてくれる」

　そして、板谷少佐は躊躇《ためら》いがちに口にした。

「それよりも、艦攻隊は特別目標を破壊しなければならない。よくわからないが、艦爆ではなく、なぜ艦攻なのか」

「艦攻隊には、水平爆撃の名手と言われる至宝的搭乗員の金井飛曹長がいる。金井飛曹長は、爆撃競技会で毎回命中率一〇〇パーセントと、抜群の成績で優勝している。

特別目標の攻撃では、金井飛曹長機を中隊の嚮導機《きょうどうき》とするつもりだ。それなら特別目標を、第一撃で確実に破壊できる」

金井昇飛曹長は大正八年五月一〇日に長野県高井郡で生まれた。昭和九年六月に横須賀海兵団に入団、昭和一一年一〇月、第三五期偵察術練習生に採用され、翌一二年七月に首席で卒業した。

金井飛曹長機の操縦員は相原功上飛曹だ。相原上飛曹は昭和一三年四月一日、第二期甲種予科練習生に採用された。

金井飛曹長、相原上飛曹の二人は、水平爆撃の精度の壁を初めて破ったペアでもある。二人は高度三〇〇〇から八〇〇キロ爆弾を、いとも簡単に半径五メートルの的《まと》に命中させる。

標的艦摂津に対する爆撃演習でも、右からでも左からでも、どんなに強い風が吹いていようと、高度三〇〇〇から模擬弾を命中させる技量を持っている。

淵田中佐は、金井飛曹長機を嚮導機として標的艦摂津を相手に爆撃演習を行った。すると、九機編隊の一斉爆弾投下で、最低でも五発は命中させたのだ。

艦攻の水平爆撃は、一個中隊九機で一つの目標を攻撃し、一発か二発を命中させる計算での攻撃方法だ。五発の命中は驚異的としか思えない。

淵田中佐も板谷少佐も、互いに搭乗員の技量には満足している様子を見せた。

ハワイ時間一二月六日（日本時間七日）午前三時三〇分、赤城の艦橋で航海長三浦義四郎中佐は海図を前に鉛筆とコンパスを持って、コースや速度を念入りに確認し、真珠湾までの距離を確認する。機動部隊は夜の間に速力を一六ノットに戻して航行していた。

艦内スピーカーが鳴り、同時に明かりが点《つ》いた。

「搭乗員起こし！」

全搭乗員は一言も発せず、一糸乱れぬ行動を見せる。黙々と寝具をたたみ、顔を洗い、用便をすませ、飛行服に着替えて身支度を整える。食堂で朝食をすませて飛行甲板へ出る。すべてが決められた時間通りの行動だ。

東風が強い。風速一五メートルはあろうか。高度一五〇〇メートル付近に雲が広がっているが、視界は良い。

全搭乗員が飛行甲板に集合すると、赤城の飛行長増田正吾中佐から出撃前の訓示が始まった。

訓示は攻撃目標、帰艦時の母艦の位置、帰艦不能となった場合の脱出位置、潜水艦による救出方法などについての説明だ。搭乗員の救助は、第三潜水戦隊がオアフ島の南西海域、第二潜水戦隊がオアフ島の北方海域で行う。

増田飛行長の訓示が終わった。淵田中佐が全搭乗員に向かって号令をかける。

「かかれーっ！」

全員が弾かれたように愛機に向かって駆け出す。淵田中佐は尾翼に黄色と赤の筋が入った隊長機に乗り込んだ。操縦員松崎三男大尉、電信員水木徳信一飛曹である。金井飛曹長、相原上飛曹が第一中隊第一小隊二番機に乗り込む様子が見えた。

午前五時四五分、赤城は艦首を風速一五メートルの風に向け、速力を二〇ノットに増速した。

飛行甲板は人が立って歩けないほどの強い風が吹いている。海は荒れており、赤城は上下に激しく揺れ、水しぶきは飛行甲板まで上がってくる。ただし、見通しは良好だ。

午前五時五〇分、悪天候のため遅れていた発進命令が下った。板谷少佐機が発動機を最大に吹かし、赤城の飛行甲板を動き出した。飛行甲板を離れた瞬間、板谷機がすっと海面に落ちて行く。

「発艦失敗か」

淵田中佐は思わず息を飲み込んだ。しかし、板谷機は一段と高い爆音を響かせ、速力と高度を取り戻して水平飛行に移った。その後は間断なく紫電改一八機が飛び立った。

続いて彗星艦爆九機が飛び立った。いよいよ天山艦攻の番である。

「行け！」

淵田中佐が右手の人差し指で、操縦員松崎大尉の肩を叩いた。淵田機が発進位置についた。

松崎大尉は制動機をしっかり踏み込み、スロットルを少しずつ開きながら、発動機回転数を最大にする。

甲板士官が白旗を前方へ振り下ろした。天山艦攻は初めゆっくり動き出したが、急に加速する。飛行甲板一杯でようやく機体が浮いた。

淵田中佐は、戦艦大和の後方二キロを航行する黒龍を見た。黒龍からも次々と航空機が発艦する様子が見える。第二群は遠くて、よく見えない。おそらく第一群と同じように紫電改や彗星艦爆、天山艦攻が飛び立っているに違いない。

淵田中佐機は上昇を続け、雲の層の上に出た。高度二〇〇〇以上は雲一つない晴天だ。

次から次へと天山艦攻が上昇し、編隊を組んでくる。赤城を飛び立った第一次攻撃隊は、紫電改一八機、彗星艦爆九機、天山艦攻一八機、合わせて四五機である。

黒龍を飛び立ったのは、紫電改九機、彗星艦爆九機、天山艦攻九機の二七機だ。

天山艦攻は高度三〇〇〇、彗星艦爆は高度三五

〇〇、紫電改は高度四〇〇〇で集合を終えた。

淵田中佐が率いる艦攻第一中隊の天山艦攻九機は、重さ八〇五キロの陸用爆弾を搭載している。陸用爆弾ではあるが、厚さ五メートルのコンクリートの壁を撃ち抜く貫通力がある。

午前六時五分、淵田中佐機は大きく二度バンクすると、針路をハワイへ向けた。

第一群第一分隊七二機で第一梯団を作る。第一群第二分隊の空母加賀、鶴龍を飛び立った七二機が第二梯団となり、第一梯団の後方五〇〇メートルを飛行する。

そして、第二群第一分隊が第三梯団、第二分隊が第四梯団となって後に続く。第一次攻撃隊は総勢二八二機である。

「見事なものだ」

淵田中佐は、東の水平線から断雲の隙間をぬって昇る壮大な太陽を見て、思わず口にした。

「なんと輝かしい夜明けだろう。おい、松崎大尉、旭日旗に見えないか」

淵田中佐は松崎大尉に話しかけた。

「はい、感動を覚えます」

再び現実に戻った。下方高度一八〇〇メートル付近は一面の密雲で覆われている。

「肉眼では下から飛行機は見えない。だが、米軍は電探で我々を見張っている」

淵田中佐は方向探知機をホノルル放送の電波に合わせた。

「アメリカの音楽が聞こえるぞ。アメリカ人は、戦争中でもこんな音楽を聴いているのか」

淵田機はホノルル放送の電波に乗って飛行を続けた。しばらく飛行すると雲が切れ、前方にオアフ島がくっきりと見えてきた。ここまで米軍機の迎撃はない。

「西の海岸線に沿って飛行しろ」

第一次攻撃隊の目的は米航空隊の壊滅だ。

第一梯団はオアフ島の西海岸に沿って飛行し、ハーバースポイント海軍航空基地、エバ海兵隊航空基地に第一撃を浴びせる。第二梯団はオアフ島の西北から侵入し、真っ先にハレイワ陸軍航空基地、ホイラー陸軍航空基地を攻撃する。

第三梯団はオアフ島の東海岸に沿って真珠湾の南方へまわり、第一撃をヒッカム陸軍航空基地、フォード島海軍航空基地に浴びせる。第四梯団は、オアフ島の東海岸からカネオへ海軍航空基地、ベロース陸軍航空基地へ第一撃を浴びせる。

そのなかにあって、淵田中佐率いる天山艦攻九機はオアフ島の西海岸に沿って飛行し、南方から真珠湾に突入して最重要目標である太平洋艦隊司令部の建物を破壊するのだ。

3

陸軍司令官ウォルター・C・ショート中将は開戦前から、ハワイが攻撃を受けるとすれば、早朝に北方からの航空攻撃になると主張していた。

そこで陸軍は、オパナ、カワロア、カアアワ、フォート・シャフターの四箇所にレーダーを設置し、レーダー基地を統括する情報センターをフォート・シャフターに設けた。

オアフ島北端カフク岬のオパナは、北方から接近する航空機を監視する任務を負う。開戦と同時にオパナ基地は二四時間の監視体制に入った。

それから一年、レーダーが捉える機影はアメリカ軍機のみであった。開戦直後の緊張した雰囲気は消滅した。いつしか監視体制は慢性化し、知らず知らずのうちに緊張感は薄れていた。

一二月六日午前午前七時二分、レーダースクリーンを覗いていた信号兵ジョゼフ・L・ロッカード一等兵が、となりのジョージ・E・エリオット一等兵に声をかけた。

「おい、北から大きな編隊がやってくるぞ」

エリオット一等兵は、またかと言わんばかりに答える。

「こんな大きな編隊は考えられない。また故障ではないのか」

エリオット一等兵はレーダースクリーンに映った反射波があまりに大きいので、機械の故障と思ったようだ。一か月前にも同じような反射波があり、情報センターへ緊急連絡したところ、機械の故障とわかって大目玉をくらったのだ。

ロッカード一等兵は真顔で言う。

「ともかく、俺は情報センターへ報告するよ」

「そうだな」

ロッカード一等兵は、フォート・シャフターの情報センターと直結している電話器を取り上げた。電話には情報センターの当直将校、カーミット・タイラー中尉が出た。

「北方二二〇キロから飛行機の編隊が近づいてきます」

「北から? ちょっと待て」

タイラー中尉は陸軍飛行隊の飛行予定をチェックしたようだ。二分後、タイラー中尉が答えた。

「それは、カリフォルニアからやって来るB17の編隊だ。今朝、ハワイへ到着する予定になっている。心配ない」

このところアメリカ本土からB17の編隊が頻繁にハワイへやって来る。二、三日前も、早朝にサンフランシスコから一八機のB17がハワイへ到着した。ロッカード一等兵は、今度も前回と同じB17の編隊と理解した。

「そうですか。わかりました。自分の勤務は午前七時までなので、これで引き上げます」

「ご苦労さん」

ロッカード一等兵は拍子抜けしたようにエリオット一等兵に話した。

「今朝、カリフォルニアから到着するＢ17だってよ」

「そうか。じゃあ、もう帰ろう。今日は日曜日だ。ゆっくり休もう」

こうしてアメリカ軍は、日本軍の奇襲を知る千載一遇のチャンスを失った。

午前七時三〇分、突然、雲の切れ間から美しい海岸線が見えた。

「オアフ島だ。松崎大尉、西の海岸線に沿って飛行しろ」

「了解」

淵田は風防を開けて編隊の様子を確認する。

「落伍機はないようだ。敵機の迎撃もない。信じられないが奇襲成功だ」

午前七時四九分、淵田は水木一飛曹に命じた。

「全機、突撃だ！」

水木一飛曹は全機突撃を意味する電信を発した。

「トトト」

午前七時五五分、雲一つない南方から真珠湾を見下ろす。淵田機は太平洋艦隊司令部の特徴ある建物を探す。開いた「コ」の字型の建物は、すぐに見つかった。

「金井飛曹長、目標を確認したか」

「確認しました」

「よし、嚮導せよ」

「了解！　任せて下さい」

淵田機は金井飛曹長機の後方につく。金井飛曹長は目標に向けて相原上飛曹に操縦を誘導させると同時に、無線電話でも編隊全体へ誘導内容を告げる。

「よーそろー、ちょい左だ。玄関先を狙う」

目標は鉄筋コンクリート三階建の建物だ。金井飛曹長と相原上飛曹にとって、動かぬ目標などんなに強い風が吹いていようとも確実に爆弾を命中させられる。

「いいぞ、ちょい右、今度は左。いいぞ、よーそろー」

照準が定まった。金井飛曹長は無線電話で怒鳴った。

「行くぞ。よーい、テーッ!」

九発の八〇〇キロ陸用爆弾が、高度三〇〇〇から太平洋艦隊司令部の建物を直撃した。

「当たったー」

九発全弾が命中し、コの字型の建物は跡形もなく吹き飛んだ。

「よし、標的は破壊した。母艦へ戻るぞ」

淵田はオアフ島北方の赤城に針路を向けた。


一二月六日、日曜日の朝を迎えた。

ハワイの朝は穏やかな気候で、木々の緑と花の香りが心を癒し、至福の時間を与えてくれる。太平洋艦隊司令長官ニミッツは窓から差し込む柔らかな太陽の光に包まれ、静かに目覚めた。

ニミッツはいつものように、ベッドの中で大きく背伸びをして時計を見た。

「六時三〇分か。今日は日曜日だが、九時からいつものように主要幕僚と検討会を開かなければ。南太平洋へ出張しているスプルーアンス参謀長から、新しい情報が入っているかもしれない」

ニミッツはスプルーアンス少将の活動に期待して胸をふくらませた。

六時四〇分、ニミッツはいつものように髭《ひげ》を剃り、身支度を整え、朝食をとらずに司令部へ歩き出した。司令部まではそれほど時間を要しない。

午前七時少し過ぎに司令部に着いた。

「南太平洋から何も情報はないのか」

少しがっかりした様子で時計を見た。午前七時五五分を過ぎたところだ。ニミッツは検討会が始まる前に朝食をすませておこうと思った。

食堂へ行こうと立ち上がったとき、フォード島のほうから大きな爆発音のようなものが聞こえてきた。続いて何度も聞こえる。

長官室の扉が壊れんばかりの勢いで開き、太平洋艦隊司令部当直将校のビンセント・マーフィ中佐が入ってきた。

「ニミッツ長官、日本軍機が真珠湾を攻撃中！」

「なんだと」

ニミッツは驚いて窓に駆け寄り、真珠湾方面を見た。戦艦群はなにごともなく、二列で停泊している。

フォード島飛行場の上空を見ると、急降下爆撃機が次々と急降下して爆弾を投下した。爆撃は的確で、格納庫、飛行艇基地を次々と破壊していく。

同時に、何十機もの艦攻の編隊が高度三〇〇〇付近で一斉に爆弾を投下した。駐機している飛行機群が一瞬のうちに燃え上がった。

フォード島はいたるところから炎が上がり、煙に包まれていった。

「フォード島は完全に機能を失った。日本軍は戦艦に目もくれず、航空隊を全滅させた」

戦艦はボイラーに火を入れ、蒸気を発生させなければ動けない。戦艦が動くのには、数時間の準備時間が必要になる。

「まず航空隊を全滅させ、次に艦船を攻撃するつもりだ。理にかなった戦法だ」

ニミッツは茫然としながらも意識は正常だった。

すぐ現実に戻った。

爆弾が切り裂く空気音、急降下する爆撃機の轟音、日本機に向けて真珠湾のいたるところで火を噴く対空砲、鼻を突く火薬の臭い。あたりは地獄絵図の様相を呈している。

少しずつ司令部の幕僚が長官室に顔を見せてきた。誰もが目の前の出来事を理解しようとしている。だが、何をすべきか思い浮かばない様子だ。

「ああ」

ニミッツが何かを叫ぼうとしたとき、突然、建物が揺れて何かが落ちてきた。

その直後、大爆発が起きて太平洋艦隊司令部の建物全体が吹き飛んだ。


真珠湾に浮かぶフォード島では午前七時五五分、ホノルル海軍航空隊作戦参謀ローガン・ラムゼー中佐が、八時からの国旗掲揚に立ち会うため司令部前に整列した。

ラムゼー中佐が大切にしている五分前の精神である。突如、急降下してくる航空機独特の甲高い音が聞こえてきた。

「ベリンジャー、あ奴の機体番号を確認しろ。安全ルール違反でとっちめてやる」

ラムゼー中佐は当直士官のベリンジャー大尉に怒鳴った。その瞬間、大地に轟音が響き、格納庫が吹き飛んだ。

飛行機が機体を引き起こし、上昇に移るときに落とした黒い物体が爆発したのだ。ラムゼー中佐は機体に描かれた日の丸をはっきりと見た。

「ベリンジャー、日本軍の急降下爆撃機だ。平文で構わない。全軍に向けて発信せよ。真珠湾、日本軍の空襲を受けつつあり」

電文が空中を飛んだ。

ラムゼー中佐は日本艦隊の位置を突きとめるべ

く、全哨戒機に捜索を命じた。しかし、日本軍の急降下爆撃隊は、第一撃ですべての格納庫と飛行艇基地を破壊していた。

同時に、フォード島全体を覆うほどの艦攻の編隊が、高度三〇〇〇付近で小さな爆弾を六発ずつ投下した。小さな爆弾は高度五〇〇付近で、さらに無数と思える塊《かたまり》に分裂した。塊は地上に落下すると、爆発して飛び散った。

ラムゼー中佐は魂が抜けたように口にした。

「日本軍は第一撃で、飛行艇を含めすべての航空機を全滅させた」

どこの飛行場を飛び立ったのか、四機のP40戦闘機が真珠湾上空に現れた。

「大丈夫か」

ラムゼー中佐の心配通り、日本軍の戦闘機はあっという間に四機のP40を撃墜した。

フォード島上空は日本軍機によって完全に制圧されている。それでもアメリカ兵は機銃、ライフル銃、ピストルと、ありとあらゆる武器で飛び交う日本機を撃ちまくる。

小さな艇が真珠湾を走りまわり、油にまみれた海面に浮いている生存者を助けて陸上へ運ぶ。

やっと日本軍機の姿が消えた。

「なぜ、こんなことになった！」

ラムゼー中佐は恐ろしい表情で奇声をあげた。そうしなければ、この場にいられない気分であった。

その平和も一瞬だった。午前九時を少し過ぎた頃、再び日本軍機の大編隊が現れた。

手を出せば届きそうな低空を、日本軍の雷撃機が燃料タンクすれすれに飛ぶ。そして、二列になって停泊する戦艦群に向かって突撃して行く。

同時に、艦攻が高度三〇〇〇あたりから大きな爆弾を投下する様子が見えた。

戦艦アリゾナに続いて、ネバダ、ウェストバージニアから命中弾の火柱が勢いよく立ちのぼった。

ラムゼー中佐は驚いた。

「この浅い真珠湾で魚雷攻撃か。それに高度三〇〇〇から戦艦に命中弾を与えるとは」

ラムゼー中佐には信じられない出来事だった。

「ああ、アリゾナが沈む！」

ラムゼー中佐が思わず叫んだ。

日本軍の第二次攻撃隊も三〇分ほどで引き上げた。真珠湾は見るも無残な姿をさらしている。

フォード島は燃え盛る戦艦群の煙に覆われ、息苦しささえ感じた。そのとき、戦艦ペンシルバニアで大きな爆発が起き、ラムゼー中佐の周囲にも高く舞い上がった破片が落ちてきた。

「ここは危険だ。どこへ避難すればいいか」

ラムゼー中佐は考えた。

「もはや真珠湾内に浮いた艦船は残っていない。第三次攻撃があるとすれば、次の目標は魚雷艇や潜水艦の基地、それに海軍工廠や燃料タンク群だろう。

もし燃料タンクに一発でも爆弾が命中すれば、タンク群全体へ燃え広がり、流れ出た油で真珠湾全体が火の海になる」

兵士たちが、日本軍機が去った今のうちにと我先に真珠湾へ飛びこみ、対岸のワイオビ海軍用地に向かって泳いで行く。ワイオビ海軍用地に軍事施設はない。

ラムゼー中佐は、ようやく一隻のランチを見つけた。

「ワイオビ海軍用地へ向かえ」

ワイオビ海軍用地に上陸すると、ラムゼー中佐は魂が抜けたように無心の境地になり、穏やかな表情に変わった。

「戦場は南太平洋のはずだ。真珠湾が攻撃を受け

ると は誰も考えなかった。それにしても、日本軍にこのような力があろうとは」

午後二時を少しまわった。上空から日本軍の第三次攻撃隊の爆音が聞こえて来た。

第三次攻撃隊は、まず海軍工廠を狙い撃ちにした。次が潜水艦基地と魚雷艇基地だった。

そして、第三次攻撃隊が消えた二〇分後に第四次攻撃隊が現れた。第四次攻撃隊の目標は燃料タンク群だった。

日本軍機は縦横に暴れまわった。燃料タンクが破壊され、油が燃えながら真珠湾へ流れて行く。

最後の日本軍機が引き揚げたとき、真珠湾に浮かぶ艦船は一隻もなく、油が燃え盛っていた。

飛行場には飛べる飛行機が一機も残っていない。真珠湾は壊滅という言葉に相応しい惨状をさらけ出していた。

真珠湾は三日三晩、燃え続けた。

火が収まると、アメリカ軍は懸命になってニミッツ長官の遺体を探した。しかし、どこにも見つからなかった。

4

アメリカ東部時間一二月八日の午前、真珠湾の惨状についてノックス海軍長官の報告が終わると、カクテルルームにはなんとも言えぬ重苦しい雰囲気が漂った。

「それで、太平洋艦隊は消滅したのかね」

ルーズベルト大統領はめまいがするようで、ときどき頭を押さえながらノックス海軍長官をなじるように聞く。大統領補佐官ラザフォードは、このようなルーズベルト大統領を初めて見た。

ノックス海軍長官は、ルーズベルト大統領と目が合わないように顔をそらす。首席補佐官のホプキンスは事態をなんとかうまく収めようとしているように見える。

ノックス海軍長官がようやく口を開いた。

「確かに真珠湾は甚大な損害を受けました。湾内に停泊していた戦艦、巡洋艦、駆逐艦、潜水艦が撃沈または転覆しました。ニミッツ長官は行方不明のままです。

ですが、太平洋艦隊は消滅していません。失われた戦艦と巡洋艦は旧式艦で、新型戦艦サウスダコタ、ワシントン、それに空母サラトガは南太平洋方面で作戦についています。

駆逐艦の損害も一〇隻程度で、今後、駆逐艦や潜水艦は大量建造中のもので十分に補えます。艦船の損害は戦力的に見て致命的ではありません。

ただ残念ながら、司令部建物、通信設備、工廠設備、燃料タンクを失い、第一四海軍区は全滅状態と言わざるを得ません」

ここで、スチムソン陸軍長官が口を出した。

「ハワイからの情報によると、戦艦メリーランド、オクラホマ、カリフォルニア、ペンシルバニア、アリゾナ、ネバダ、テネシー、ウェストバージニアが撃沈された。旧式艦とは言え、戦艦は大規模な近代化工事を終えたばかりだ。

それに戦艦八隻に加え、軽巡洋艦ローリー、フェニックス、ヘレナをはじめ三〇隻以上の艦船を失ったと聞くが」

ルーズベルト大統領は右手を上げてスチムソン陸軍長官の口を封じると、ノックス海軍長官に聞いた。

「それでフランク君は、今後どうすべきと考えるのかね」

ノックス海軍長官は話題をすり替えるように言う。

「真珠湾の高台から見下ろせる損害については、

国民の信頼を得るためにも正確に発表すべきと思います」

談話が始まる前、ラザフォードはルーズベルト大統領が読み終えた数種類の朝刊を片づけた。多くのアメリカ国民は、今朝の朝刊で真珠湾が日本軍の攻撃で大損害を受けたことを知っている。

ルーズベルト大統領は原則論を口にした。

「それはもちろんだよ。フランク君、国民にはすべての真実を知る権利があるのだからね」

アメリカ国民は指導者の嘘を見抜く力を持っている。ルーズベルトは、国民に嘘を言えば信頼を失い、見放されると強調した。

ホプキンスが口を開いた。

「陸軍飛行隊と海軍航空隊も全滅状態に陥ったと聞いています。しかしながら、艦船や航空機などの戦力は、長い時間をかけずに再建可能と思います。重要なのは、海軍工廠や燃料タンクが破壊され、真珠湾が基地としての機能を失ったことではないでしょうか」

新聞報道は軍報道官が発表した内容に基づいた記事を掲載している。当然ながら、アメリカ軍が受けた損害の詳しい内容は調査中で記事になっていない。

アメリカ政府は、太平洋艦隊の再建を国民に希望を与える内容でまとめる必要がある。そのうえで、真珠湾の損害状況は要点をぼかし、より詳しい内容を発表すべきなのだ。

今日の会談の目的は、ルーズベルト大統領に求められる指導力をいかに発揮するかにある。ルーズベルト大統領が、どの程度の度量の持ち主かを見極める試金石ともなる。

ラザフォードはルーズベルト大統領の言葉に注目する。大統領はよほど気分が悪いのか、頭を押さえながらゆっくり話し出した。

「我が国は歴史上かつてない重大な局面に立たされている。太平洋艦隊は日本軍の卑劣な奇襲攻撃で事実上壊滅した。大西洋ではドイツ海軍のUボートが暴れまわっている。

ニューイングランド地方は昨年に引き続き、暖房用燃料が不足する事態に陥っている。これから海軍はどうすべきか、フランク君の考えを聞かせてもらいたいのだが」

ドイツ海軍のUボートは大西洋で大暴れをしている。今年前半六か月の集計を見ると、大西洋沿岸とカリブ海を航行するアメリカの船舶五八五隻、三〇八万トン以上がUボートに撃沈された。この海域でアメリカ海軍が撃沈したUボートはわずか六隻である。

アメリカ軍は大西洋方面のみならず、太平洋方面でも大損害を受け続けている。その最大の被害が真珠湾だ。

ノックスは苦しまぎれに言い訳をした。

「陸軍のレーダーは数百機の大編隊にもかかわらず、日本軍機の来襲を発見できませんでした。惨事を生んだ原因の一つは、ハワイ防衛隊が警戒を怠っていたからと言わざるを得ません」

ノックス海軍長官は精神的ショックが抜けきれないのか、太平洋艦隊建て直しをどうすればいいかの案を持っていないとわかる。だから、このような発言をするのだ。

陸海軍は洋の東西を問わず仲が悪いのが普通だ。自分が不利になると、敗北の原因を相手に押しつけようとする。

見かねた首席補佐官のホプキンスが提案するように発言した。

「大統領閣下、私は閣下より首席補佐官の任務を与えられておりますが、軍事面については素人同然です。その素人が考えるには、まず太平洋艦隊建て直しの責任者を任命すべきではないでしょうか。そして、責任者のもとで再建計画を立案すべきかと思います。

アメリカ軍は、ヨーロッパと太平洋両戦線の作戦指導をスムーズに行うため、統合参謀本部を設置しています。統合参謀本部はヨーロッパ、太平洋両戦線をにらみ、陸海両軍を効率的、経済的に運用する方法を研究しています。

統合参謀本部なら、いかなる人物が責任者として最適かのデータを持っていると思います」

ルーズベルト大統領は賛同するように言った。

「ハリーの言う通り、餅は餅屋に任せるべきかもしれない。統合参謀本部に検討させるべきか考えてみよう」

「大統領閣下、ありがとうございます」

その日のうちにアメリカ統合参謀長会議が招集された。

議長ウィリアム・D・リーヒ海軍大将、陸軍代表ジョージ・C・マーシャル陸軍大将、海軍代表アーネスト・J・キング海軍大将、航空部隊代表ヘンリー・H・アーノルド陸軍大将の四名である。

リーヒ大将が主旨を述べた。

「大統領閣下から与えられた課題は、いかにして早急に太平洋艦隊を再建するかである。その責任者を決めたい。当然ながら、太平洋艦隊再建中もハワイ海域の安全は保障されなければならない」

リーヒ大将は、暗にニミッツに代わる太平洋艦隊司令長官に相応しい人物は誰かと聞いている。

会議をリードするのはマーシャルとキングの二人だ。キングは明快に述べる。

「太平洋艦隊の再建とハワイ海域の安全保障、つまり実質的には太平洋艦隊司令長官は、誰が相応しいかであろう。真珠湾の復旧は海軍に任せてもらいたい。だが、ハワイ防衛については陸軍に頼らざるを得ない」

キングの発言は珍しく弱気だった。それでもマーシャルはアメリカ存亡の危機と思ったのか、キングを支援するように言った。

「海軍が真珠湾を再建している間、陸軍はハワイ海域の防衛責任を負うつもりである。

幸いにも、フォート・シャフターの陸軍ハワイ軍管区司令部は無傷である。スコーフィールド陸軍兵営も無傷だ。ここに駐留する第二四歩兵師団、第二五歩兵師団を真珠湾復旧の応援にあたらせる」

「陸軍の支援に心より感謝する。海軍はまず真珠湾の現状を調査するため、作戦部次長のフレディック・J・ホーン中将と先任参謀のチャールズ・M・クック大佐を派遣する。現状調査を踏まえ、真珠湾の再建計画を立案して実行する」

キングが陸軍に感謝するなど、生涯において後にも先にもこの一回のみである。

海軍作戦部は部長キング大将のもと、参謀長リチャード・S・エドワーズ少将が幕僚部門の管理、先任参謀クック大佐が作戦計画、次長ホーン中将は主として兵站《ロジスティック》を担当している。真珠湾の現地調査はホーン中将、クック大佐以上の適任者は考えられない。

異存はなく即、結論となった。いざというとき、アメリカ人には全員が結束しようとする強さがあるのだ。

準備を整えたホーン中将一行は、一四日の月曜日の午後四時にPBYカタリナ飛行艇でサンディエゴを飛び立った。真珠湾へ着水したのは翌日の午前七時二一分である。

ホーン中将は真珠湾の状況をひと目見て口にした。

「思った以上の惨状だ」

フォード島の飛行場はきれいに片づけられ、数は少ないがワイルドキャット戦闘機やドーントレス爆撃機が順序よく並べられている。

飛行場周辺にあった格納庫、飛行艇基地の建物はすべて破壊され、今も兵士らの手で片づけ作業が行われている。

真珠湾に目を向けると、撃沈された戦艦の姿が生々しく残り、いまだに火薬や油の異臭が鼻を突く。

艦船修理施設はドックの扉が壊されて海水が満ちており、ガントリー・クレーンは横倒しになったままだ。無残に壊された燃料タンクからは、重油が鈍く黒ずんだ光を放ちながら真珠湾へ流れ出ている。

ホーン中将は飛行艇を降りて桟橋に立った。

「ホーン中将、お待ちしておりました。太平洋艦隊参謀長レイモンド・A・スプルーアンス少将であります」

スプルーアンス少将はフォード島の飛行艇桟橋までホーン中将一行を出迎えた。

「これはスプルーアンス少将、無事だったのか」

「はい。私はニミッツ長官の命令で南太平洋へ出張しており、難を逃れました。真珠湾の惨状を聞き、急いで戻って来ました」

どうやら真珠湾はスプルーアンス少将の指揮で片づけ作業が行われているようだ。

「それは不幸中の幸いというものだ。スプルーアンス少将、私はオアフ島を隅々まで見たいと思っている。案内してくれるか」

ホーン中将一行は休みもとらず、五日間かけて精力的にオアフ島を丁寧に見てまわった。

三〇日には統合参謀長会議が開かれ、ホーン中将が真珠湾の実情について報告を行うという異例の速さで作業が進んだ。

ホーン中将は写真を提示しながら報告する。

「オアフ島のオバナ、カアアク、カワロア、フォートト・シャフター四つのレーダー基地は無傷です。海軍のルアルアレイ送信基地、ワヒアワ受信基地も無傷です。さらに、二つある海軍弾薬廠も無傷のままです。

残念ながら、第一四海軍区、海軍工廠は壊滅状態と言わざるを得ません。

真珠湾は太平洋艦隊参謀長スプルーアンス少将の指揮で復旧作業が行われています。

海軍のフォード島、ハレイワ、カネオヘ、ハーバースポイント、海兵隊のエバ航空基地、陸軍のヒッカム、ベロース、ホイラー飛行場は、航空機の残骸や瓦礫《がれき》が取り除かれ、飛行場の機能を取り戻しています。

スプルーアンス少将は、少数ではありますが飛行可能な航空機をフォード島の飛行場に集め、ハワイ周辺を哨戒飛行しています」

キングが尋ねる。

「現状はある程度想像通りのようだ。それで、真珠湾を復旧させる見通しは」

ホーン中将は自信を持って答えた。

「撃破された戦艦などの残骸を早急に取り除き、真珠湾の通常なる航行を取り戻すのに必要な期間を半年と算出しました。

その後、魚雷艇基地、潜水艦基地を復旧させるのに三か月と計算しました。海軍工廠の艦船修理施設の復旧も同程度の期間が必要と思います」

キングは自らの戦略を述べる。

「真珠湾の復旧に九か月。その間、海軍は防御態勢に戻らざるを得ない。九か月後には、攻勢を取るのに必要な戦力が準備できる。そのときは防御攻勢に移る」

キングの言葉通り、海軍は一九四三年八月に新鋭空母エセックスを中心とした機動部隊がマーカス島（南鳥島）を爆撃するまでに回復する。

ホーン中将が言う。

「当分の間、艦船修理はアメリカ本土で行わざるを得ません。それに海軍は四五〇万バーレルの燃料を失っています。燃料タンクを設置し、本土から燃料を運ぶのにも数か月は必要になると思います」

リーヒがため息まじりに言う。

「こうしてみると、真珠湾の損害は予想以上に甚大なものだったな。それでも致命的な損害ではなく、一年未満で再建可能なら希望が持てる。

一万人にも及ぶ将兵の犠牲者は関係者に耐えがたい不幸を与えたが、海軍にとっても重大な損失だった」

キングは復讐心を燃やすように言った。

「どんな状態に陥ろうとも、海軍は必ずや三年以内に日本を叩き潰す」

統合参謀長会議は、ホーン中将を太平洋艦隊司令長官に推薦することを決めて終了した。

そしてキングは、海軍の至宝であるクック大佐を手放そうとはしなかった。

第2章　アメリカ本土攻撃

1

米内大将は軍令部総長に就任すると、梶原中佐に特型潜水艦によるアメリカ本土東海岸攻撃の研究を命じた。梶原の頭には、いつもアメリカ本土攻撃の作戦があった。

しかし、晴嵐攻撃機は開発の見通しが立っていない。代わって浮上したのが、飛行爆弾をイ四〇〇から発射する作戦である。

「いつになったら、イ四〇〇による米本土攻撃が可能になるのか。飛行爆弾の開発次第なのだが……」

昭和一七年の九月初め、梶原は潜水艦作戦担当の井浦中佐と横須賀の航空技術廠を訪れた。

「そろそろ二人が来る頃だと思っていたよ」

飛行爆弾の設計主務者の三木忠直少佐が笑顔で出迎えた。三木少佐の表情から飛行爆弾の開発が順調だとわかる。

三木少佐は二人を組み立て工場へ案内した。そこには、黄色に塗られた魚雷に翼を付けたような数機の二種類の飛行爆弾が並んでいた。

「飛行実験担当の玉手統《おさむ》技術大尉だ。桜花について説明させよう」

どうやら飛行爆弾は桜花と命名されたようだ。玉手大尉は作業の手を休めて近づくと、挨拶もなしに説明を始めた。

「これが滑空爆弾の桜花一一型、あちらにあるのが飛行爆弾の桜花二二型」

桜花一一型は、魚雷のような胴体に翼を付けた形をしている。桜花二二型は、胴体の太い後部に弾頭を突き刺したような形だ。

玉手大尉はぶっきらぼうに説明を続ける。

「一一型は長さ六メートル、主翼幅五メートル、高さ一・一六メートルの木製構造。尾部に推進用の火薬ロケットを装着する。弾頭は八〇五キロの八〇番陸用爆弾か、八二〇キロの八〇番通常弾。

ロケット噴射時間九秒、制限速度時速一〇二〇キロ、高度一万で投下するなら七〇キロ先、高度三五〇〇なら五〇キロ先の標的まで無線誘導で滑空飛行する」

玉手大尉は、何か質問はあるかという表情で梶原を見た。梶原が黙っていると説明を続けた。

「二二型は、八〇番を装着する弾頭部分が直径五五センチ、後部は直径九〇センチで内部に直径八五センチのネ一二を装備する。前部と後部の継ぎ目の直径の違いが、噴進式発動機の空気取り入れ口になっている。

燃料搭載量四〇〇リットルで、地上から発射すると角度二〇度で高度一万まで上昇、距離五〇〇キロを飛行する性能がある。

二二型はあらかじめ設定された高度、距離、方向にしたがい、自動操縦で飛行する。姿勢制御は飛行機用転輪羅針儀《ジャイロコンパス》で行う」

飛行機用ジャイロコンパスは、地球の自転と飛行機の運動によって生じる誤差を自動修正しなければ使い物にならない。誤差の自動修正に成功したのは、世界でも日本の空技廠だけである。

玉手大尉が言った。

「一一型は完成した。二二型は二日後に最後の飛行実験を行う」

三木少佐が言う。

「どうですか一度、実験を見学しませんか」

「それは是非とも」

梶原は即座に答えた。

武山基地の丘陵上にイ四〇〇が装備するのと同じ射出機を設置し、これまで数十回にわたって性能確認実験を行ってきた。八月後半からの飛行実験は成功率一〇〇パーセントだと言う。

梶原は素直な感想を口にした。

「飛行爆弾の開発に半年はかかると思っていた。それがわずか三か月で完成にこぎ着けた。迅速な開発に驚いている。これまで蓄積した技術力のたまものか」

三木少佐が意外な話をする。

「技術の蓄積もあるが、女学生の優秀さに助けられたのも大きな理由だと言える」

「女学生とは、どのような意味か」

「この四月に理学部や工学部の学生にまじって、多数の高等女学校の生徒も空技廠に配属となった。私のところにも数人の女学生が配属された。彼女たちは実験データの整理を担当している。

知っての通り、理論が正しければ実験で得られるデータと理論値は一致しなければならない。しかし、実験で得られるデータは点でしかない。

実施する実験には限りがあり、得られるデータは点の集合体で、グラフに表すと凸凹の線になる。これでは理論値と一致しているか判断するのは難しい。

彼女たちは、点と点を結ぶ中間の値を求める補間法を独自に編み出し、計算で実験データの不足分を補った。この成果が大きかった」

補間法は、数式を微分して実験データを当てはめ、連立方程式を解いて係数を算出する。桜花設計担当の宗像健一技術大尉は、彼女たちに基礎知識として必要な数値計算や球面三角法の講義をしたが、補間法については教えなかったと言う。

梶原は思ったことを口にした。

「女学生は誰から教わったのでもなく、自らの工夫で補間法を編み出したのか。将来、日本からもキューーリー夫人のような女性のノーベル賞学者が出るかもしれないな」

玉手大尉が二人の雑談に割り込むように言った。

「二二型は、最後の飛行実験を明後日の一二日に実施する」

一二日午前一〇時、梶原と井浦中佐は武山基地の実験場に赴いた。飛行実験は玉手大尉の担当で、三木少佐の姿はなかった。

玉手大尉が実験内容を説明する。

「射出機にはネ一二を起動する三馬力の電動機が組み込まれている。今日の実験は、二二型を格納筒から取り出し、射出機に装填し、主翼を広げ、ネ一二を起動して発射する総合実験になる。すべてが成功すれば、二二型は完成したと言える」

午前一一時になった。

上空に彗星偵察機が現れた。桜花の弾頭には着水した場所を特定するため、火薬の代わりに色のついた水が詰められている。彗星偵察機は桜花を追いかけ、着水場所を特定する。

実験技手が大声で叫んだ。

「大尉、準備が整いました！　いいですか。始めますよ」

「よし、始め！」

桜花が射出機に据えつけられると、主翼を広げて燃料が注入される。射出機の電動機がまわり始めると、ネ一二の圧縮機が唸《うな》りをあげた。

ネ一二は自力で動き始め、三〇秒ほどで最高出力に達した。

「よーい、テー！」

玉手大尉の号令で射出機から桜花が飛び出した。桜花は安定した姿勢を保ち、二〇度ほどの角度で上昇して視界から消えた。彗星からは無線電話で、桜花の飛行状況が刻々と知らされてくる。

最後の総合実験も成功した。

桜花二二型は一一月末までに日本飛行機、富士飛行機、茅ヶ崎製作所で八〇機が製造される。


潜水艦部隊である第六艦隊は、外戦部隊として第一潜水戦隊から第七潜水戦隊までを有する。潜水戦隊は通常四個潜水隊で編成され、一個潜水隊は三隻または四隻の潜水艦が配置されている。

旧式潜水艦のイ五三からイ七五は、改④計画の戊《ぼ》型潜水艦の就役に伴い、イ一五三からイ一七五へと順次改名された。

イ一五三からイ一七五潜水艦は、潜水学校練習潜水艦戦隊として使われている。イ五一からイ九八の名称は、改④計画で建造された戊型潜水艦四八隻に引き継がれている。

一一月一日、第六艦隊に新たに第一一潜水戦隊が編成された。

戦力は、第一〇一潜水隊イ四〇〇、イ四〇一、イ四〇二、第一〇二潜水隊イ四〇三、イ四〇四、イ四〇五、第一〇三潜水隊イ四〇六、イ四〇七、イ四〇八である。司令官醍醐《だいご》忠重少将、先任参謀井浦祥二郎中佐が補任《ぶにん》された。

翌日、井浦中佐が梶原へ別れを告げに来た。

「おい、いよいよ俺の出番が来た」

梶原は立ちあがり、井浦中佐の目を見つめて言った。

「やっと米本土攻撃の機会がやってきた。貴様なら必ず作戦を成功させられる。井浦、頼むぞ」

「今度の作戦は米東海岸、ノーフォーク海軍基地への攻撃一点に絞っている。目的がしっかりしているうえ、作戦内容は貴様と十分に検討を加えて練った。

必ずやノーフォーク海軍基地攻撃を成功させてみせる。任せておけ」

「俺は何も心配していない。吉報を待っている」

井浦中佐は自信をみなぎらせ軍令部を去った。

2

一一月三日の明治節の日、内野中佐は横須賀港に停泊しているイ四〇〇の艦内で、六日に呉の第六艦隊司令部作戦室に出頭すべしとの電報を受け取った。

「なにかと思ったら、第一一潜水戦隊の顔見せでもやるつもりかな」

一一月六日金曜日、内野中佐が呉の第六艦隊司令部作戦室に入ると、そこには第一一潜水戦隊の特型潜水艦の艦長が顔を揃えていた。

「これで全員が揃ったな」

特型潜水艦の艦長は、イ四〇〇艦長内野信二中佐、イ四〇一艦長横田稔中佐、イ四〇二艦長遠藤忍少佐、イ四〇三艦長松村寛治中佐、イ四〇四艦長稲葉通宗中佐、イ四〇五艦長宇野亀雄少佐、イ四〇六艦長木梨鷹一中佐、イ四〇七艦長田中万喜夫少佐、イ四〇八艦長日下敏雄少佐の九名だ。

内野を除く八名は、一日に特型潜水艦の艦長を命ずるとの辞令電報を受け取ったばかりである。各艦長は井浦中佐の意向によって選出されたとも聞く。

内野中佐は海兵四九期出身で、潜水学校教官の経験がある古参の潜水艦艦長だ。通常ならまもなく大佐に昇進し、第一線の艦長から退いて再び潜水学校教官になるか、それとも潜水隊司令になるかの進路が待っている。

ところが、一年前にドイツ占領下のフランス西部ロリアン軍港へ特型潜水艦を派遣すると決まったとき、古参がゆえに老練な艦長とみなされてイ四〇〇艦長を命ぜられた。

もっとも、内野中佐のほうから親友の海軍省人事局第一課付の長沢浩大佐を通して、イ四〇〇艦長に就任できるよう働きかけたというのが真実である。

横田中佐は海兵五一期出身、遠藤少佐は海兵五二期出身だ。第一〇一潜水隊の三隻が共同作戦を行うとき、先任艦長の内野中佐が指揮官となる。

山口県生まれの松村中佐は海兵五〇期出身で、開戦後は米国西海岸の通商破壊戦に従事し、これまでに米商船一一隻を撃沈した第六艦隊のエースだ。

稲葉中佐は海兵五一期出身、一月にイ六が米空母サラトガを雷撃したときの艦長だ。宇野少佐は海兵五三期出身。

第一〇二潜水隊の先任艦長は松村中佐である。木梨中佐は海兵五一期の卒業間際に病気になり、卒業生二五五人中二五五番の成績で卒業した。しかし、艦長育成の潜水学校甲種学生を首席で卒業し、空母ワスプ撃沈、ノースカロライナ大破などの実績から、第一〇三潜水隊の先任艦長となった。田中少佐は海兵五二期出身、日下少佐は海兵五三期出身だ。

第一一潜水戦隊の司令官と先任参謀、それに九名の艦長が顔を揃えた。初めに司令官醍醐少将の挨拶があった。

内野は顔見せではなく、重大な作戦会議と告げられて気を引き締めた。そして、先任参謀井浦中佐の説明が始まった。

「これより新たな作戦に関する重要な会議を行う」

一瞬で作戦室内に緊張が走った。

「知っての通り、特型潜水艦は一四ノットで四万海里（約七万四〇〇〇キロ）近い航続力があり、全世界のいかなる場所も無給油で攻撃できる能力を持つ。第一一潜水戦隊は、この特型潜水艦九隻で編成されている。

第一一潜水戦隊の全戦力をもって、米ノーフォーク軍港を桜花二二型で攻撃する」

内野は緊張のあまり喉が渇いた。大西洋に面したノーフォーク軍港の攻撃は、ドイツ派遣よりははるかに難しい作戦である。

井浦中佐は全員を見渡し、作戦内容の説明に入った。まずは航路の説明だ。井浦中佐はインド洋、大西洋の海図を広げて説明する。


「航路については、ドイツ海軍に大西洋における連合国軍の情報を求め、その情報を分析して設定した。

基本航路である。呉を出港すると、パラオへ向かう船団の航路に準じて南下する。ダバオ南方からセレベス海に入り、マカッサル海峡を経て、ロンボク海峡を抜けてインド洋に入る。

ここまでの海域は日本軍の勢力圏内にあり、安全性は比較的高い。

インド洋を横断する航路は周囲一〇〇〇海里以上に島がなく、船舶もほとんど通らない空白の海域である。インド洋を横断したら、アフリカ南端の喜望峰を大きく迂回して大西洋に出る。

大西洋はほぼ中央海域を北上し、米東海岸のバージニア州ノーフォーク沖合へと向かう。

ただし、バージニア州とバミューダ諸島の間は一三〇〇キロ前後と狭く、船舶の往来も多い。慎重に行動すべき危険地帯である。

この航路は、一年前にイ四〇〇がドイツ占領下のビスケー湾ロリアン軍港まで航行したものと類似する。したがって、内野中佐の経験が大いに役立つであろう」

誰もが内野を期待の目で見た。井浦中佐の説明は次に移った。

「ドイツ海軍によると、マダガスカル島を含むアフリカ沿岸、南米を含むアメリカ沿岸の基地を発進した敵飛行機の哨戒距離は五〇〇海里ほどである。特に沿岸から三〇〇海里以内は哨戒密度が濃く、注意を要する。

したがって、インド洋横断後は沿岸から三〇〇海里以上離れ、シュノーケルを有効に利用した航行が望ましい。航行中は夜明けと薄暮の二回、定時に天測を行って、自艦の位置を正確に計測するように」

いきなりの話に誰もが面くらった表情をしている。井浦中佐は委細構わず、次の説明に入った。

「重要な連絡方法に関してである。通信は本作戦用に開発した特殊暗号を用いて行う。特殊暗号は軍令部、第一一潜水戦隊司令部、それに艦長のみが知る機密事項と心得よ。

航行中のすべての連絡は、戦隊司令部もしくは軍令部からのみ発信する。当然ながら、航行中は潜水艦からの無線は封止せよ。

通信は、戦隊がアフリカ南端のケープタウンを通過するまではシンガポールの第一〇通信隊を経由して発信する。大西洋に入ってからは、ドイツ海軍本部の電信所を経由して発信する。

もちろん、戦隊の存在を悟られぬため、敵艦船を発見しても攻撃せず、隠密行動に徹するように」

井浦中佐は潜水艦の装備にも言及した。

「特型潜水艦は、重さ五トンの晴嵐攻撃機を発進させる射出機が装備されている。桜花二二型を発進させるには、新たに噴進式発動機を起動する三馬力の電動機を組み込まなければならない。現在、各潜水艦は呉工廠で射出機の改造を行っている。

同時に敵の電波探信儀の電波を捉える電波探知機も、最新式のものに取り替える工事を進めている。

これまでの電波探知機は、大型扇風機状の二枚の羽根のような形をした空中線だった。新しい探知機は太さが鉛筆ほどの真鍮《しんちゅう》製の空中線である。旧式に比べて新型電波探知機は簡単な構造でありながら、かなり優れた性能を発揮する。

シュノーケル航行時、海面上へ露出するのは潜望鏡、シュノーケル装置の吸気筒、短波無線檣《しょう》、それに電波探知機の空中線のみである。それだけ敵の電探に探知されにくくなる。

もう一度注意する。インド洋横断後、特に大西洋で敵電探の電波を探知したなら、その後の航行はしばらくの間、シュノーケル航行を基本とせよ」

井浦中佐はさらにつけ加えた。

「今回の作戦は四か月もの長きにわたる。その間、乗組員は艦内に閉じ込められたままで、生活に多くの注意が必要となる。

食事はご飯、肉や魚の缶詰、それに乾燥野菜が主である。不足するビタミン類の摂取方法、乗組員の健康維持に必要なシャワーの使い方にも注意が必要である」

ひと通りの説明が終わると雑談となった。井浦中佐は、軍令部の梶原中佐と作戦について検討したときの話をした。

「梶原中佐は、机に座る軍令部や海軍省の偉い人の中には、ついでにとかちょっとこれもとか、安易な命令を出しがちだと指摘した。

作戦はきわめて危険で困難を伴う。作戦の難しさから目的を一点に絞り、余計な負担を負わせてはならないと言うのだ。これが作戦成功の鍵であり、そのためにも特殊暗号を用いて外部の雑音を遮断すべきだと言っていた」

内野が応じた。

「特型潜水艦は本土からノーフォーク沖合まで往復しても、なお十分な余裕がある航続力を有する。目的を一点に絞るなら、大きな危険は潜水艦から桜花二二型を発進させるときのみだ。それだけ成功率は高くなる」

その後の質疑応答は念入りに行われた。それでも作戦会議は予定時間内に終了した。

九日、呉工廠は予定通りに射出機の改造、電波探知機の更新を終えた。ただちに模擬弾を搭載した桜花二二型を使っての訓練が始まった。

そして一一月二三日、新嘗祭の日にすべての訓練が終了した。

一一月二五日から一二月八日まで、乗組員には二週間の休暇が与えられた。この間に九隻の特型潜水艦は呉工廠で最後の点検を受け、桜花二二型を搭載し、燃料を満載するなど出撃準備を整えた。

一二月一一日金曜日の未明、九隻の特型潜水艦はひっそりと呉港を出港し、米東海岸のノーフォーク沖合へと向かう航海に入った。

イ四〇〇は豊後《ぶんご》水道を南下する。イ四〇〇の乗組員は艦長内野信二中佐、副長兼水雷長鈴木正吉少佐、航海長吉田太郎少佐、通信長松浦正治大尉、機関長山田粂夫機関少佐である。

イ四〇一からイ四〇八が、単縦陣でイ四〇〇の後方に続く。

内野はこれまで機密保持のため、出撃目的を重要任務としか口にしなかった。太平洋に出たところで、乗組員に訓示を兼ねて出撃目的を話した。

「我々の任務は、米海軍の重要拠点であるノーフォーク海軍基地の攻撃である」

乗組員から歓声が上がった。内野は一同を制してつけ加えた。

「作戦は片道が六〇日にも及ぶ航海を伴う困難な任務である。しかも途上は、敵が手ぐすね引いて待ち構えている危険な万里の海域である。乗組員には慎重さと、よりいっそうの努力を求める」

二か月にも及ぶ危険な海域の航海では、どのような不測の事態が待ち構えているかわからない。

航海長吉田少佐は、呉からロンボク海峡までが一〇日、ロンボク海峡から喜望峰沖合までが一八日、喜望峰沖合からノーフォーク沖合までを二八日で航行する計画を立てた。

ただし、喜望峰の沖合は南緯四〇度を中心に東西一〇〇〇海里、南北二〇〇海里に及ぶ海域が、常に風速四〇メートルにも達する西寄りの強風が吹いている。激浪が逆巻くこの海域は、ロアリングフォーティーズ（吠える四〇度）と呼ばれる世界屈指の難所として知られている。

一年前の航海では、通常の気象状況なら五日間で突破できるのに、凄まじい風雨とそびえ立つような大波濤のため一〇日間もの時間を要した。

そこで吉田少佐は、航海日数を往路六一日、復路五六日として計画を立てた。

イ四〇〇は一四ノットの速度で南下する。内野が命じた。

「これよりシュノーケル航行に移る。各装置の動作状況を確認せよ」

特別作戦であればこそ、航行途中の訓練は欠かせない。第一一潜水戦隊司令部はインド洋西部、大西洋での訓練は大きな危険を伴うと指摘した。シュノーケルの動作確認、電波探知機の性能確認は、四か月以上に及ぶ作戦においてなによりも重要となる。可能な限り安全な海域で、装置の動作確認をすませるべきなのだ。

潜望鏡深度に達した。イ四〇〇は潜望鏡、シュノーケル装置の吸気筒、短波無線檣、電波探知機の空中線を海面上に露出しながら航行する。

「鈴木技手、電探の電波を正常に捉えたか」

航海長吉田少佐が鈴木技手に聞いた。

「大丈夫です。電探の電波を正常に捉えています」

鈴木技手が明るい表情で答えた。

イ四〇〇には鈴木親太技手が乗っている。鈴木技手は東京物理学校卒業後、海軍技術研究所の技手に採用され、無線兵装、無線電信所設置などの業務を担当してきた。

昭和一四年にフランスへ派遣されて無線電信関連の調査に専念していたが、ドイツ駐在の技術監督官、松井登兵機関中佐の命令でドイツ海軍電測学校に入学させられた。

鈴木技手は電測学校で電波探信儀について学んだ後、旧フランス領、旧オランダ領の海岸に建設された要塞を見学した。要塞には電波探信儀が設置され、ドーバー海峡を航行する艦船を探知すると、長距離砲を発射して初弾から命中させることもたびたびだった。

鈴木技手は昭和一七年にイ四〇〇で帰国した。画期的な空中線の新型電波探知機は、鈴木技手が持ち帰った技術をもとに、海軍技術研究所が日本放送協会、日本無線、日本電気の協力を得て開発したものだ。

鈴木技手は、電波探信儀や探知機のどんな故障でも修理できる技術を持っている。四か月以上に及ぶ航海ではなくてはならぬ人物である。

イ四〇〇は潜望鏡深度で、シュノーケル装置の吸気筒から取り入れた外気で動くディーゼル発動機で航行する。この間、潜望鏡で周囲を観測しながら、電波探知機が九州南端に設置された電波探信儀が発する電波を正常に捉えられるかなどの試験を念入りに繰り返しながら航行した。

吉田少佐はすべての装置が正常に動作したのを確認すると、内野艦長に異状なしと報告した。

第一一潜水戦隊はイ四〇〇を先頭に旭日旗を掲げ、各艦の距離を七〇〇メートルに保って単縦陣の水上航行を続けた。

予定通り、呉出港の一〇日後にロンボク海峡を抜けた。インド洋では一隻の船舶にも出会わず、敵の電波も受信せず、安全な航行で横断した。

昭和一八年一月八日、第一一潜水戦隊は第一難関であるアフリカ大陸南方沖合に近づいた。

内野は一年前の航海を思い出すように言った。

「喜望峰には英国軍の強力な空軍基地がある。少なくとも喜望峰の沖合三〇〇海里以上の海域を通過しなければならない」

吉田少佐が答えた。

「いよいよロアリングフォーティーズへ突入だ」

「このまま陣形を組んでロアリングフォーティーズを突破するのは難しい。航海長、各艦に発光信号で命令。これより各艦の判断でロアリングフォーティーズを突破せよ。戦隊の集合は一〇日後とする」

「了解しました。集合地点は東経四度、南緯三五度の海域とします」

東経四度、南緯三五度は、喜望峰の西方六五〇海里（約一二〇〇キロ）の海域である。吉田少佐は、喜望峰から五〇〇海里よりさらに一五〇海里離れた海域を集合地点として提案した。

「よかろう」

内野はあっさり承認した。

イ四〇〇から順送りで発光信号による命令が伝えられ、各艦から了解の発光信号が返されてきた。

イ四〇〇は先頭に立って、ロアリングフォーティーズに突入した。見張りに立つ乗組員はロープで身体を艦橋に縛り、二時間の当直につく。叩きつける波浪のため、乗組員の感覚はすぐに麻痺状態に陥る。

一年前は主機械の安全弁から海水が吹き出るなどの思わぬ事態が発生した。昨年の経験からイ四〇〇は対策を講じたため、比較的順調に航行した。それでもロアリングフォーティーズを突破し、集合地点までの航行に八日もかかった。

一月一六日、イ四〇〇は集合地点の東経四度、南緯三五度で機関を止めた。機関長山田少佐の指揮で、乗組員総出で故障箇所がないかの点検が始まる。

吉田少佐が尋ねる。

「鈴木技手、電波探知機は大丈夫か」

「故障箇所はありません。それと、ドイツ海軍本部からの電信も正常に受信しています。大丈夫ですよ。機器は正常に動いています」

イ四〇一、イ四〇二と次々に姿を現した。夜になったが、イ四〇五とイ四〇七が現れなかった。どんな事態が発生しようとも電波を発射してならない。ただひたすら待つのみである。

「イ四〇七、接近しまーす」

一月一七日の正午頃、東方の海上にイ四〇七の姿が見えた。内野は安心した表情で口にした。

「残りはイ四〇五のみだな」

水雷長鈴木少佐が心配そうに言う。

「はい。初めての経験なので、イ四〇五に故障が発生したのかもしれません」

一八日の朝を迎えた。イ四〇五はまだ姿を見せない。予定時間になれば、イ四〇五が現れなくてもこの場を離れざるを得ない。

正午まで待った。そのとき見張り員の独特の声が聞こえた。

「イ四〇五、見えまーす」

内野は安堵で胸を撫で下ろした。

3

「ここからは水上見張り用電探を作動させながら水上航行せよ」

「了解しました」

大西洋は米英海軍が制空権・制海権を握っている。危険を感知したら、敵に発見される前に逃げなければならない。航海長吉田少佐は内野艦長の命令に素直に応じた。

特型潜水艦の艦橋には方位測定機、電波探知機、第一、第二潜望鏡、昇降式短波檣、二号一型電波探信儀、二号二型電波探信儀、シュノーケルの構造物が並んでいる。

電探の名称は、一号が陸上用、二号が艦載用、三号が航空機用で、一型が対空見張り用、二型が対水上見張り用、三型が射撃用である。技術の進歩により電探も二式、三式へと改良されてきた。

イ四〇〇は三式二号二型電探を搭載している。その空中線は高さ三〇センチ、幅一メートルほどの半円形をしており、二式二号二型のラッパ型空中線とは形状がまるで異なる。

三式二号二型電探は波長一〇センチ、尖頭出力五キロワットで、大型水上艦なら四〇キロ、漁船や浮上航行中の潜水艦でも二五キロ先の艦影を探知する能力がある。

アメリカ海軍は、三式二号二型電探と同等の性能を持つSG対水上レーダーを一年以上も前に制式化した。昨年には潜望鏡を探知できる波長三センチのSO対水上レーダーを制式化し、艦船への搭載が始まっている。

三式二号二型電探の空中線がまわり始めた。

針路を北西に取る。ここから先の航路は、敵艦船の往来がほとんどないイギリス領アセンション島と南アメリカ大陸の中間地点を抜け、陸地から遠く離れた大海原となる。

イ四〇〇は、航海長吉田少佐と砲術長を兼務する通信長松浦正治大尉が、夜明けと薄暮の二回、定時に天測を行い、現在位置を確認しながら航海を続けた。

西経二二度、南緯八度、アセンション島西方一〇〇〇キロの海域に達した。

「そろそろ敵の哨戒が厳しくなる海域に入る。電探での見張りを厳重にせよ」

内野が注意を促す。

「北西方向、距離三〇キロ、大きな影が見えます」

司令塔へ鈴木技手の声が届いた。潜望鏡の倍率を最大にして海面の様子を探った。

「何も見えんな」

内野は念のため潜航を命じた。

「潜望鏡深度！」

イ四〇〇にならって後続の潜水艦も次々と潜航する。

「北西方向、スクリュー音、入ります」

やがて聴音室から高ぶった声で報告が入った。

「やはり電探の威力は素晴らしいな」

どんな船かを確かめずにはいられない。内野は独特の号令をかけた。

「潜望鏡あげーっ！」

内野は潜望鏡に取りつき北西方向の様子を探る。

「おろーせっ。商船が一隻で北北東へ向かっている」

内野は疑問を感じた。

「あの商船は南米からヨーロッパへ向かうにしても、航路を大きく外れた海域を航行している。通常の商船なら、もっと西の海域を航行するはずだ。

ひょっとしたら、あの商船はドイツ海軍の仮装巡洋艦かもしれない。それなら航路を外れている理由は理解できるが」

内野は念のため商船をやり過ごすことにした。イ四〇〇は三時間後に浮上し、周囲の様子を確認した。

「周囲三〇キロ圏内に艦船の姿はありません」

鈴木技手が報告する。内野が命じた。

「よし。北上せよ」

赤道を越えた地点で、さらに西方へと針路を取った。

「ここからはブラジルのサルバドルとヨーロッパを結ぶ航路を横切る。電探での見張りを厳重にせよ」

内野は注意を促した。

航路を横切る間、イ四〇〇は一隻の船影にも遭遇しなかった。艦内に安堵の色が広がった。


北緯五度を越え、四囲に海洋の広がるなかを順調に北上する。そして北回帰線を越えた。

内野はさらなる注意を促す。

「ここからは、Uボートに対する米英海軍の密度の高い哨戒海域となる。いよいよ危険海域に突入するぞ」

細心の注意を払って航行を続ける。幸いにも一隻の敵艦船とも遭遇せず航行できた。

二月一一日の紀元節の日、第一一潜水戦隊はバミューダ諸島東方一〇〇〇海里の海域に達した。ここから西方へ徐々に針路を変え、バミューダ諸島を大きく迂回するようにバージニア沖合へと向かうことになる。

「いよいよ敵の本丸だな」

内野はいっそう気を引き締めた。

「北西方面、艦影多数、敵艦隊らしい！」

突然、鈴木技手の緊迫した声が聞こえた。

内野は危険を感じ、急速潜航を命じた。後続の潜水艦も急速潜航する。

「急速潜航、深度一〇〇！」

今度は聴音室から高ぶった声で報告が入った。

「北西方面、スクリュー音多数。音源は敵輸送船団らしい」

ヨーロッパへ向かう輸送船団であろうか。とすれば、多数の護衛駆逐艦が周囲を固めているはずだ。音を出さぬよう身をかがめて敵をやり過ごす。

「スクリュー音、遠ざかりまーす」

さらに六時間ほど潜航を続けた。

「潜望鏡深度！」

内野の号令でイ四〇〇がゆっくり浮上する。

「潜望鏡あげーっ！」

独特の号令をかける。

潜望鏡を上げて海面の様子を探る。すでに日没に近く、偏西風が吹き、海面一面に白波が立っている。

「おろーせっ！」

水面上には何も見えない。

「浮上！」

イ四〇〇は浮上すると、再び一四ノットで西方へと進む。後方には七〇〇メートル間隔で他の潜水艦が続く。

一五日の日の出を迎えた。吉田少佐と松浦大尉は夜明けの天測を行い、イ四〇〇の現在位置の確認を終えた。

「シュノーケル航行に移れ」

内野の命令は後続の潜水艦にも伝えられる。

昭和一五年五月にドイツ軍がオランダを制圧すると、ドイツの科学者がオランダ潜水艦を調査した。そのとき、オランダ潜水艦がシュノーケルを装備しているのを発見した。

その後、ワルター教授の指導でドイツ海軍総司令部科学部が改良を加え、シュノーケルの空気取り入れ口が波をかぶっても海水が入らぬ機構を組み入れた。

それでもシュノーケルを使っての潜航中にディーゼル機関を動かすと、海面に排気煙が流れ、シュノーケルの出す白い航跡が残る問題は未解決だった。排気煙と白い航跡は、敵の哨戒機に自らの位置を教えるようなものである。

潜望鏡の視野は狭く、敵哨戒機を発見する確率はきわめて低い。そのため、Uボートは夜間に限定してシュノーケル航行を実施している。

その一方で、シュノーケルが敵の電探に捉えられる恐れはほとんどない。内野はこの海域一帯が敵哨戒機の活動外と考え、シュノーケル航行を命じた。

アメリカ東部時間二月一五日午前零時（日本時間一五日午後二時）、イ四〇〇はノーフォーク東方五〇〇キロ沖合で静かに浮上した。

南方から五〇〇メートル間隔でイ四〇〇、イ四〇一、イ四〇二が一列に並んだ。その後方七〇〇メートルにイ四〇三、イ四〇四、イ四〇五が、さらにその後方七〇〇メートルにイ四〇六、イ四〇七、イ四〇八が正方形を作るように並んだ。

「周囲に敵艦艇の姿はないか」

鈴木技手は慎重に電波探知機を操作して答えた。

「敵電探の電波は探知していません。電探も敵艦影を捉えていません」

見張り員からも敵艦影なしの報告である。

「航海長、艦首は正確にノーフォークを向いているな」

発射された桜花二二型は自動操縦により二〇度の角度で上昇し、ジャイロコンパスにしたがって真っすぐ飛行する。途中での飛行変更はできない。

航海長吉田少佐が答える。

「方向は何度も確認しました」

内野は水雷長鈴木少佐に伝えた。

「よし。一〇分以内にすべての桜花を発射せよ」

桜花の発射は掌整備長阿部与吉特務少尉の指揮で行われる。鈴木少佐は、司令塔の上から前甲板の作業状況を見守る。

桜花を格納筒から引き出して射出機に装着し、発射するまでの作業は人力のみで行う。

建造当初、イ四〇〇は晴嵐を射出機に装着するため、前甲板に大きな起重機が据え付けられていた。その起重機は撤去されている。

桜花は車輪のついた橇《そり》の上に乗せられて格納されている。四名の水兵が阿部少尉の指揮で、格納筒から桜花を押し出し、射出機の軌条上に装着した。

吉峰徹上等兵曹が右翼を、若狭英雄上等兵曹が左翼を同時に広げた。その間に水野相正兵曹長が射出機の電動機をネ一二と接続する。

阿部少尉は桜花発射の準備状況を一つ一つ点検する。手順通り一〇秒で発射準備が整った。

「全員、遮蔽板の後方に下がれ！」

阿部少尉の声が響く。

「電動機まわせ！」

阿部少尉の命令で水野兵曹長が電動機のスイッチを入れた。吉峰上等兵曹がメーターを見ながらネ一二の回転数を読み上げる。

「三〇〇、五〇〇、一〇〇〇……」

電動機が唸りをあげ、ネ一二の送風機を回転させる。二〇秒ほど経過した。

「点火！」

阿部少尉の命令で水野兵曹長がネ一二の点火ボタンを押した。独特の音を発し、ネ一二が自力で回転を始める。三〇秒ほどで最大出力となった。

「テー！」

阿部少尉は自ら号令をかけ、射出機のボタンを押した。

イ四〇〇の射出機は圧縮空気で作動する。桜花を乗せた射出機の橇が急激に加速する。

射出機の軌条は長さ二二メートルだ。桜花は軌条上で十分な速度を得て、勢いよく飛びだした。そのまま二〇度の角度で急上昇して行く。

桜花を格納筒から引き出し、発射までに要した時間は一分三〇秒だった。

射出機には、次の桜花が装着される。こうして二分間隔で五発の桜花が発射された。

「潜航！」

内野の命令で、イ四〇〇はなにごともなかったかのように静かに潜望鏡深度に潜航した。

再びシュノーケル航行に移り、イ四〇〇を先頭に南東へと針路を向けた。

「案ずるより産むが易しですね。それに、帰路はロアリングフォーティーズも追い風となり、順調に航行できます」

鈴木少佐が安心したように言った。

「ここまでは敵の意表を突いた作戦だったから順調に行った。むしろ、これからが本番だと心得よ。それに米軍に対し、同じ作戦は二度と通用しない」

内野は自らに言い聞かせるように口にした。

第一一潜水戦隊は往路と逆の航路で、五五日後の四月一二日に九隻揃って無事に呉へと戻った。

4

アメリカ東部時間、二月一五日月曜日。早朝にもかかわらず、ホワイトハウスのカクテルルームで緊急最高戦争指導会議が開かれた。

メンバーはハル国務長官、モーゲンソー財務長官、スチムソン陸軍長官、ノックス海軍長官に加え、リーヒ統合参謀長が招集された。

メンバー全員が、真夜中にノーフォーク基地が爆撃を受けたことを知っている。そのため、リーヒ統合参謀長は神妙な面もちで末席に座っている。

午前八時、大統領補佐官ラザフォードは首席補佐官ホプキンスの指示を受け、いつものようにカクテルルームとつながっている大統領書斎オーバルスタディの扉を開け、ルーズベルト大統領に声をかけた。

「大統領閣下、全員揃いました」

「そうか、ありがとう」

ルーズベルト大統領の体調は日に日に弱まっていくように見えた。今朝の返事も心なしか昨日より弱い感じがした。

大統領は杖をつきながら、ゆっくりした足取りでカクテルルームに入る。全員が立ち上がり大統領を迎える。

ラザフォードはルーズベルト大統領の様子を見て、心の中で思った。

「この様子では、大統領はまもなく車椅子生活を余儀なくされるだろう」

全員が席に座った。ラザフォードは少し離れた場所に控えて会議の様子を見守る。

初めにルーズベルトが小さな声で聞いた。

「ノーフォーク基地が爆撃を受けたというのは事実なのかね」

ノーフォークが爆撃を受けたのなら、ワシントンも敵の爆撃圏内に入ったことになる。ただごとではないのだ。ノックス海軍長官がいつもより厳しい表情で答えた。

「事実です。現地からの報告によれば、ノーフォーク軍港に停泊していた空母エセックスと戦艦アラバマにも爆弾が命中し、損害を受けたとあります」

戦艦アラバマはノーフォーク工廠で建造された唯一の新型戦艦で、一九四二年八月一六日に竣工した。新鋭空母エセックスは、ニューポート・ニューズ社で一九四〇年五月に起工し、一九四二年一二月三一日に竣工した。

戦艦アラバマと空母エセックスは共同の乗組員慣熟訓練を終え、一二日の金曜日にノーフォーク港へ戻ったばかりであった。二隻は本日一五日の午前、再び訓練のため出港する予定であった。

ルーズベルト大統領は心配そうな表情で尋ねる。

「新型空母も被害を受けたのかね。ドイツ軍は大西洋を横断できる新兵器を完成させたのかね。ドイツ軍は、我が軍のトーチ作戦で失った優勢を新兵器で挽回しようとしていると言うのかね」

本来なら、ルーズベルト大統領が心配事を口にすることなどあり得ない。

ラザフォードは、大統領が脳に大きなダメージを受けており、これまでのように人を魅了する言い方ができないのではと感じた。

リーヒ統合参謀長がゆっくりとした口調で答えた。

「敵のノーフォーク爆撃によって、トーチ作戦が影響を受ける心配はまったくありません。ノーフォーク基地は多少の損害を受けましたが、総合的な見地から見ても作戦計画を変更する必要はまったくありません」

一九四二年のアフリカ戦線は、砂漠の狐と恐れられたドイツのロンメル軍団がイギリス第八軍を追い詰めていた。

アメリカ軍はトーチ作戦を発動し、一一月八日、ドイツ軍の背後を突くようにモロッコへ上陸した。トーチ作戦は順調に進捗している。

今度はノックス海軍長官が、海軍の戦果を強調する。

「海軍はトーチ作戦に空母レンジャー、護衛空母スワニー、サンガモン、サンティーを参加させています。これらの空母を発進したワイルドキャット戦闘機は、二対一の割合でドイツ空軍のメッサーシュミット戦闘機を圧倒する戦果をあげています。

大統領閣下、トーチ作戦は順調に推移していますす。ドイツが新兵器を完成させ、ノーフォーク基地を爆撃したとしても心配はないと考えます」

全体の意見はまとまりつつあった。

ここで、モーゲンソー財務長官が駄目を押すように強調した。

「トーチ作戦は、ナチス・ドイツを一日も早く壊滅へと追い込む最重要作戦です。リーヒ統合参謀長が明言するように、アメリカ軍はノーフォーク爆撃を無視し、アフリカ戦線、さらにはヨーロッパ戦線を強化すべきと考えます」

スチムソン陸軍長官は会議の様子を黙って見ていたが、状況を正確に見極めるべきだと思い、意見を述べた。

「アフリカ戦線は、イギリス第八軍に供給したシャーマン戦車の活躍により、トーチ作戦の前哨戦となる第二次エル・アラメインの会戦でロンメルの機甲軍団を撃ち破った。トーチ作戦は上陸直後こそ、アメリカ軍が破竹の勢いで進撃した。

ところが、最近になってドイツ軍が新型のタイガー戦車を投入し始めた。シャーマン戦車はタイガー戦車にまったく歯が立たず、一部ではアメリカ軍を押し戻している。

ドイツ軍は新兵器を投入し始めているのだ。ノーフォーク爆撃の損害は軽微かもしれないが、無視すべきではない。

敵がどのような方法で爆撃したのか。これを明確にし、対抗策を講じておくべきだ」

当然の意見である。全員が賛成した。その任務はリーヒの役目となる。リーヒが答えた。

「まず現状の調査から始めます。したがって、多少の時間が必要になります」

リーヒの要求は受け入れられた。

リーヒからすれば、ドイツが大西洋を横断できる爆撃機を開発したとは、どうしても信じられなかった。ノーフォーク爆撃は、何か特別な手段を使ったに違いないのだ。

ルーズベルト大統領がポツリと口にした。

「太平洋方面の作戦への影響はないのかね」

ノックス海軍長官は丁寧にアメリカ海軍の空母戦力について説明する。

「スターク・プランの成立により、エセックス級空母の建造は一九四〇年九月から始まりました。スターク・プランでは一一隻建造の計画でしたが、開戦によってエセックス級空母は三三隻建造する計画になっています。

空母の建造は順調に進んでいます。昨年一二月末にエセックスが竣工しました。まもなくレキシントンが竣工します。

そして四月にはヨークタウンが、五月にはバンカーヒルが予定通り竣工します。

大統領閣下、まもなくアメリカ海軍の空母戦力は日本海軍の空母戦力を圧倒します。ご心配には及びません」

エセックス級空母の建造は、スターク・プランの成立前から一一隻を建造する計画が進められている。海軍は一九四〇年二月にCV9エセックスをニューポート・ニューズ社に発注している。五月には、CV10とCV11も同社に発注した。

その後、スターク・プランの成立によって、九月までに七隻がニューポート・ニューズ社に、四隻がベスレヘム社に発注された。この両社は、それぞれ三隻の空母を同時に、つまり六隻を同時に建造している。

　ノックス海軍長官がつけ加えた。

「エセックス級空母は最終的に三三隻建造します。本日未明に空母エセックスは損害を受けましたが、総合的に考えればアメリカ軍の損害は軽微で、このまま計画を進めれば一年後には日本海軍を圧倒できます」

　ノックス海軍長官の言葉に、ルーズベルト大統領が反応して笑顔を見せた。

　そして、ノックス海軍長官は海軍の遠大な計画を述べた。

「トーチ作戦に参加している空母のパイロットたちは、北アフリカ戦線で実戦経験を積み、錬度を高めたうえで太平洋の戦いに挑みます。半年後には中部太平洋において、日本軍への反撃が始まります」

　海軍はトーチ作戦に四隻の空母を参加させた。海軍の狙いは、モロッコ上空で多数の若手戦闘機搭乗員に実戦を経験させ、来るべき太平洋戦線に備えることである。

　ルーズベルト大統領は、ノックス海軍長官の力強い言葉に満足した様子を見せた。

　二月二二日月曜日の午後、リーヒはノーフォーク爆撃の調査結果の第一次報告を受け、統合参謀長会議を招集した
　ヘンリー・H・アーノルド陸軍航空軍総司令官は、これまでの調査でわかったノーフォーク爆撃について報告する。

「ドイツ軍は飛行爆弾を完成させたように思われる」

「飛行爆弾とはどのようなものかね」

　リーヒは怪訝《けげん》そうに尋ねた。

アメリカのジェット戦闘機開発は、一九四一年に当時、陸軍航空隊参謀長だったアーノルドの肝いりで始まった。アーノルド総司令官はB29爆撃機の開発も強力に進めている。

一九四一年四月、アーノルドがイギリスを訪れたとき、グロスター・ジェット研究機とホイットル・ターボジェットの詳細情報を受け取り帰国した。

オハイオ州デイトン郊外にあるライト基地に、陸軍航空隊の研究・開発部門である資材部（マテリアル・コマンド）が置かれている。

資材部は一九四一年九月四日に、排気タービン過給機の開発生産で実績のあるジェネラル・エレクトリック（GE）社にホイットル・ターボジェットのコピー製作を発注した。翌五日には、ベル社に単座双発ジェット戦闘機の原型機XP59を三機発注した。

ベル社は一九四二年一〇月一日にXP59の初飛行に成功した。翌二日には陸軍航空軍パイロットの手で、アメリカ初のジェット戦闘機飛行が記録された。

ドイツ軍によると思われるノーフォーク爆撃については、アーノルド総司令官の指示で資材部の若手将校とGE社技術者、ベル社技術者の手で調査が行われている。

アーノルド総司令官がドイツ軍の新兵器について説明する。

「イギリス空軍の情報によると、ドイツ軍は葉巻型の胴体に短い矩形《くけい》の主翼と尾翼を付け、ジェットエンジンで飛行する無人機を開発している。無人機の大きさは長さおよそ八メートル、幅およそ五メートル、胴体の直径八五センチほどで、弾頭部には八五〇キロの炸薬が詰められている。

イギリス軍は昨年の一二月に、無人機がFw200

コンドルから投下され、長距離飛行する実験に成功した事実をつかんだ。

バルト海沿岸では、地上に設置したカタパルトから無人機を発射する実験も行っている。こちらの実験も成功したようである。

ノーフォーク基地を爆撃した残骸を調べた結果によると、ジェットエンジンはイギリスのホイットル・ターボジェットとほとんど同じ構造だと判明した。

機体は木製のため燃えてしまったが、状況から大きさはドイツ軍の無人機と同じサイズとわかった。また弾頭部の炸薬量も、爆発力の大きさから八〇〇キロ程度と見られる」

ジョージ・C・マーシャル参謀総長が納得したように口にした。

「ドイツ軍は飛行爆弾をコンドルに積み、大西洋を燃料ぎりぎりまで飛行し、飛行爆弾を発射したと考えられるのだな」

アーノルド総司令官は結論付けるように答えた。

「陸軍航空軍はそのように考えるのが妥当と判断した」

マーシャル参謀総長は疑問をはさまなかった。

アーネスト・J・キング作戦部長も納得したように言う。

「説明は理屈に合っており納得できる」

全員がアーノルド総司令官の説明を受け入れた。

ホイットル・ターボジェットとネ一二はともに遠心式圧縮機を採用しており、同じ構造のジェットエンジンだ。GE社の技術者は、容易にジェットエンジンの性能を計算できたに違いない。ネ一二の推力は三二〇キロ、パルスジェットの推力は三五〇キロだ。

もしかしたら、日本軍がノーフォーク基地を攻撃したのではと想像する人物はいなかった。そして、陸軍航空軍資材部がまとめた報告書は、そのまま統合参謀本部からホワイトハウスに提出された。

第3章　対日反攻作戦

1

昭和一八年も一月一五日の金曜日を迎える頃には正月行事もひと通り終わり、落ち着いてきた。

しかしながら、梶原中佐は元旦を家で過ごしただけで軍令部に出仕し、第三段作戦構想、所用兵力、編成に取り組んできた。

一五日までに一連の作業を終えた梶原は、一六日の土曜日、初めて半ドンで帰宅した。そして翌日は久しぶりに自宅でのんびり過ごした。

一八日の月曜日、梶原はいつものように出仕し、午前九時から定例の作戦会議に臨んだ。

昨年一一月一日に、井浦中佐が第六艦隊第一一潜水戦隊先任参謀に補任された。井浦中佐の後任として、海軍省軍務局で潜水艦を担当していた樋《とい》端《はた》久利雄中佐が、軍令部第一課潜水艦担当参謀として異動してきた。

作戦会議には樋端中佐も出席する。梶原はいつものように海軍便箋《びんせん》を見ながら戦況報告を行った。

「ハワイ作戦の機動部隊は全艦、無事に内地へ帰投し、艦船は点検と修理、乗組員は半舷ずつ休暇に入っています。

第二航空戦隊、第四航空戦隊は来るべきフィジー、サモア攻撃に向けて準備中です。他の地域も日米両軍とも、今のところ目立った動きは見られません。

したがって、これまでに入ってきた戦果は潜水戦隊からのものです。

まず、クェゼリンに司令部を置く第一潜水戦隊から入った報告です。第一潜水戦隊第三六潜水隊は、米本土からハワイへ向かう米輸送船団を発見しました。

イ七五、イ七六、イ七七、イ七八の四隻は全力で米輸送船団を襲撃しました。米輸送船団は三〇隻と大規模なもので、第三六潜水隊は一〇隻の輸送船を撃沈しました。しかし、米護衛駆逐艦の反撃を受けてイ七五、イ七六を失いました。米海軍は新型の対潜兵器を使用したようです」

第一課長富岡大佐が驚いたように口にした。

「クェゼリンに司令部を置く第一潜水戦隊の艦長は粒ぞろいのはずだ。それなのにイ七五とイ七六を失うとは。新型の対潜兵器とは、どのようなものか」

樋端中佐が答えた。

「情報部の実松中佐らと、第六通信隊が傍受した敵の通信情報を分析しました。米軍の会話の中にヘッジホッグという単語が何度も出てきました。おそらく新兵器はヘッジホッグではないかと。これからドイツ海軍にも問い合わせ、可能な限りの情報を集めます」

今度は第一部長福留少将が所見を述べた。

「米海軍は、大規模な輸送船団を本土からハワイへ送った。米軍は早くも真珠湾の再建に着手したようだ。米軍は真珠湾攻撃による破壊を早急に回復させ、新たな作戦を発動するように思える」

その通りであろう。誰も福留少将の所見に異存はない。梶原は次の報告に移った。

「ラバウルに司令部を置く第七潜水戦隊は、オーストラリア東岸からニュージーランド北岸、ニューカレドニア方面で活動しています。

第七潜水戦隊は、今年に入って一四隻の商船を撃沈しています。昨年一二月の戦果は一〇隻でした。これは、米軍がオーストラリアへの補給を強化している証拠です」

福留少将が所見の続きを述べた。

「米国は戦争に必要な物資の増産体制が整ったと見て間違いないだろう。ニューギニアかソロモン諸島方面で、新たな作戦を発動する徴候かもしれない」

ここで、樋端中佐が意外な報告をした。

「よろしいですか。第七潜水戦隊の動きに関しての報告です。司令官原田覚《かく》少将は、米軍がガダルカナル島占領を試みるなら、上陸地点は北岸しかないと見ています。そこで原田少将は、特殊潜航艇で米輸送船団を攻撃する拠点作りを始めました」

梶原は驚いて尋ねた。

「具体的な内容がわかるか」

樋端中佐は地図を広げて説明する。

「原田少将は水上機母艦千代田の艦長時代から、特殊潜航艇の利用方法を研究していたそうだ。特殊潜航艇は見張り所、司令部、前進基地の三つが一体となって、初めて戦果をあげられるようだ。

原田少将は、見張り所としてガダルカナル西岸のエスペランス岬とサボ島、司令部をガダルカナル島のムカデ高原、前進基地としてツラギから少し離れた、フロリダ島西岸の密林に囲まれた湾内に設置する計画だ。

ツラギを基地に、甲標的を使って乗組員の訓練を始めたところだ」

ガダルカナル島とフロリダ島の間の海域は穏や

かな海面で、第八根拠地魚雷艇隊の訓練海域にもなっている。この海域で今度は特殊潜航艇の訓練が始まったというのだ。

梶原は期待を込めて言った。

「そうか。あとで詳しく話を聞かせてくれ」

梶原は戦況報告に話を戻した。

「インド洋方面です。マレー半島のペナンに司令部を置く第八潜水戦隊は、昨年一二月の一二隻に続き、今月はすでに一〇隻の商船撃沈の戦果をあげています。

米軍は昨年一一月に仏領モロッコに上陸しました。ドイツ軍は地中海を押さえていますが、北アフリカの西方からは米軍によって、エジプト方面からは英軍によって圧迫を受けています。

東西から圧迫を受け、ドイツ軍は近い将来、北アフリカから撤退すると思われます。そうなれば、イギリス軍はインドへの補給に力を注いでくるに違いありません」

富岡大佐が同意するように言う。

「インド洋は、インドの英軍への主要補給路だと言うのだな。インドの英軍が充実してくると、ビルマ方面の我が軍が危険にさらされる」

「はい、その通りです。第六艦隊はハワイ方面、オーストラリア東岸からニューカレドニア、フィジー、サモア方面、それとインド洋方面のすべてで、さらに戦力を強化する必要があります」

福留少将は昨年一一月一日の人事異動について話した。

「連合艦隊は、開戦時から水雷参謀の有馬高泰中佐が潜水艦担当参謀を兼務してきた。有馬中佐は駆逐艦出身であり、潜水艦についてはなにもわからないので担当替えを希望していた。

昨年一一月一日に、小池伊逸中佐が連合艦隊潜水艦担当参謀に補任された。一連の人事異動で海軍省軍務局、軍令部、連合艦隊、第六艦隊の間の風通しはかなりよくなったと思うが、どうか」

小池中佐はUボート作戦を深く研究してきた人物で、潜水艦による海上交通路破壊戦の熱烈な提唱者でもある。

潜水艦の用法について、小池中佐の考えと第六艦隊司令部の考えは一致する。

樋端中佐が答えた。

「連合艦隊とは常に協議をしています。第六艦隊とは作戦海域と充当する戦力について見直しを行います」

いつもの戦況報告は終わった。

「ところで、第二次遣独艦の件はどうなっているか」

福留部長が話題を変えた。

ドイツとの技術交流を絶やさぬため、政府、陸軍から海軍へ潜水艦による第二次ドイツ派遣の要請があった。海軍もドイツとの技術交流を継続すべきと考えている。

樋端中佐が状況を話した。

「慣熟訓練を終えた特型潜水艦イ四〇九を、第二次遣独艦に選定しました。イ四〇九は一月下旬に、ドイツ占領下のブレスト港へ向けて出港する予定になっています」

特型潜水艦の一〇番艦イ四〇九は、昨年一〇月に川崎神戸造船所で竣工した。その後、艦長入江達中佐、水雷長鯉淵不二夫少佐、航海長椎名英夫少佐、機関長楠本正喜機関少佐のもとで慣熟訓練に努めてきた。

福留部長は満足げに言う。

「今度はドイツが要望する生ゴム、錫《すず》、タングステン、モリブデン、キニーネなどを積んで行く。特型潜水艦のイ四〇九なら遣独任務に適任だ」

樋端中佐が心配そうに言った。

「生ゴム、錫、タングステンはシンガポールで積み込みます。第一次ドイツ派遣艦の場合、イ四〇〇は内地からロンボク海峡を通り、直接ロリアン港へ向かいました。

イ四〇九はシンガポールに寄港して物資を積み込みます。そのぶん危険度は増します」

福留部長がそれに応じた。

「心配すればきりがない。イ四〇九の安全対策に万全を期すように」

梶原は遣独艦の話に区切りがついたところで、第三段作戦について報告した。

「それでは、第三段作戦の見通しについて報告します。④計画の空母六隻は予定通り、昨年一一月までに就役しました。これで第三艦隊は、第一から第四航空戦隊まで空母四隻体制が整いました。

第八艦隊もまもなく加賀が加わり、豪州方面の米軍に対抗できる戦力となります。

空母航空戦力に関しては、第三段作戦においてもなんとか米海軍に対抗できる目処《めど》がたったと言えるでしょう」

昭和一七年五月三日に商船橿原丸を改造した空母隼鷹が、六月三〇日に出雲丸改造の空母飛鷹が竣工した。この二隻の空母で、城島高次少将を司令官とする第四航空戦隊が編成された。

城島少将は第二航空戦隊司令官山口多聞少将と同期の海兵四〇期出身で、空母翔鶴の初代艦長を務めた人物だ。

そして、七月二一日に空母笠置が横須賀工廠で、九月一三日には空母天城が三菱長崎造船所で、それぞれ竣工し、第四航空戦隊に配属された。

④計画最後の空母阿蘇も一一月八日に呉工廠で竣工した。

空母阿蘇は内地での乗組員の慣熟訓練をすませ、ハワイ作戦から戻った加賀と交代する形で第一航空戦隊へ配属された。

この後、加賀は大規模な修理を施したうえで第八艦隊に配属となる。第八艦隊はこれまでの空母翔鳳、瑞鳳に加賀が加わるのだ。

梶原は海軍便箋に目を通しながら報告する。

「今のところ、昭和一六年度の⑤計画による六隻の空母建造も順調に推移しています。

二月末には、⑤計画の一番艦筑波が横須賀工廠で竣工します。四月末には川崎神戸造船所で鞍馬が、七月には横須賀工廠で伊吹が竣工する予定になっています。

三菱長崎造船所も滞りなく工事を進めており、⑤計画の空母は今年末までに、六隻すべてが竣工する予定です」

筑波は第一航空戦隊への配属が決まっている。赤城は筑波の就役後に、加賀と同じように大規模修理を施して第八艦隊へ配属となる。


梶原は説明を続けた。

「昭和一八年度の⑥計画では、翔鶴型空母よりひとまわり大型の三笠型空母の建造に着手します。三笠型には射出機が装備されます。射出機により、噴進式発動機の震電が発艦できるようになります」

三笠型空母は基準排水量三万六〇〇〇トン、全長二七八メートル、全幅四〇メートル、水線幅三三メートル、搭載機数一〇〇機である。

艦の大きさは、八八艦隊計画時の第八号巡洋戦艦に匹敵する。そのため建造所は呉工廠四号船渠《せんきょ》、横須賀工廠六号船渠、三菱長崎造船所船台、川崎神戸造船所船台の四箇所に限られる。

この四隻は起工から二年後に三笠、敷島、初瀬、八州《やしま》として竣工する。

空母戦力の充実は順調に見える。その一方で心配事も尽きない。

「二月には第二航空戦隊と第四航空戦隊で機動部隊を編成し、フィジー、サモア攻撃に出撃します。機動部隊は搭載する航空機を紫電改、彗星艦爆、天山雷撃機、彩雲艦偵で統一できないまま出撃せざるを得ません」

第一課長の富岡大佐が答える。

「それはやむを得ない事態だ。航空機は今年の四月までに揃う」

一七試艦偵彩雲は、設計開始からわずか一〇〇日で初飛行に成功した。今は最終試験飛行の段階にある。

天山雷撃機は思ったより生産機数が伸びず、配置は必要機数の半数程度にとどまる。機動部隊は艦攻を、天山と九七式艦攻の混在で出撃せざるを得ない。

フィジー、サモア攻撃は米豪遮断作戦の一環として実施される。機動部隊指揮官は、第二航空戦隊司令官の山口多聞少将となる。

富岡大佐がつけ加えた。

「これまでの戦況報告でわかるように、米軍はソロモン諸島とニューギニアへの攻勢を強化しつつある。近いうちに大きな作戦を発動する恐れがある。

米軍が攻撃態勢を維持できるのは、米本土からパナマ運河を経由してニュージーランド、オーストラリアへ兵員と物資を輸送する補給路が健在だからだ。米軍最大の弱点は長大な補給路であり、今が補給路を攻撃する絶好の機会だ。

実松中佐によると、現時点における太平洋艦隊の空母は一隻のみらしい。だが、これからは毎月一隻か二隻のペースで新型空母が竣工し、年末までに小型空母九隻、大型空母七隻が就役すると言う。米国の工業力は本当に恐ろしい」

戦後になって、実松中佐の予想した米海軍の戦力と、実際の戦力はほとんど差異がないと判明した。それほど実松中佐チームの情報収集能力は素晴らしいものだった。

梶原は希望的観測を口にした。

「潜水戦隊はオーストラリア東海岸方面、ニューカレドニア方面で大きな戦果をあげています。そして今度は、空母機動部隊がフィジー、サモアを攻撃し、米豪連絡線に打撃を与える作戦を実施します。

米軍は苦しまぎれに就役直後の空母を投入してくるかもしれません。そうなれば、しめたものです。日本軍は逐次投入の米空母部隊を叩き、余裕を持って各個撃破できます」

福留少将がたしなめるように言った。

「梶原中佐は日頃から、米軍がそのような下手な作戦で戦うはずはないと言っているではないか。日本軍は地道な作戦で臨むしかない」

ここで樋端中佐が要請するように言った。

「第三段作戦は、航空部隊のほかに特殊潜航艇を多用する計画になっています。これに備えて潜水学校は特殊潜航艇の搭乗員養成を急いでいます。

潜水学校から呉工廠の福田少将に、特殊潜航艇についての要望が寄せられています。福田少将は、潜水学校との打ち合わせに軍令部からも担当者を出席させるよう要請しています」

昭和一七年九月、福田烈《ただし》技術少将は艦政本部第四部首席部員から呉工廠造船部長に異動となった。長年にわたり電気溶接で福田少将の右腕を務めてきた西島亮二技術中佐も呉工廠へ異動した。

福留少将が応じた。

「いいだろう。梶原中佐、樋端中佐の二人で行って来い」

「承知しました」

特殊潜航艇に何か問題があるのかもしれない。

どのような問題かはわからないが、呉工廠には福田少将がいる。福田少将なら問題解決に手腕を発揮するに違いない。

梶原は大船に乗ったつもりで呉工廠へ向かうことにした。

2

梶原と樋端中佐は二五日、二六日の打ち合わせのため、二三日午前に東京駅発、門司行きの特急列車に乗った。同行するのは軍令部第二部で潜水艦を担当している浅野卯一郎機関中佐である。

浅野中佐は横須賀海軍工作学校教官を兼務している。浅野中佐は一月初めに排水量四〇〇トン、水中・水上速力二五ノット、発射管四門、搭載魚雷一二本の有翼潜水艦建造を提唱した。艦政本部は有翼潜水艦は実現不可能として断っている。

三人とも中佐なので一等車に乗った。

「今頃、第一一潜隊は無事に大西洋を北上しているかな」

列車が動き出すと、梶原は第一一潜水戦隊に思いを馳《は》せて話しかけた。

「設定した航路は敵の哨戒海域を遠く離れており、無事に航行しているに違いない。俺は、作戦は必ず成功すると信じている」

樋端中佐は自信を持って答えた。

話しこんでいるうちに列車はいつしか京都を過ぎ、大阪に着く頃には夜になっていた。広島駅で列車を乗り換え、呉駅に着いたのは二四日の夕刻であった。

その夜、三人は呉の旅館に宿泊し、二五日の朝に呉工廠へ入ると会議室に案内された。

午前九時、会議室に呉工廠造船部長福田技術少将と一人の技師が入ってきた。

「遠いところをご苦労。こちらは造船部で潜水艦建造を担当している丸石三郎技師だ。諸君には、まず潜水艦建造の現場を見てもらいたい。丸石技師が案内する」

三人は丸石技師の案内で、潜水艦を建造している工場へと向かった。

「おー、凄いな」

梶原は巨大な船台を見上げ、思わず声をあげた。

船台は長さが一五〇メートル、幅が八〇メートル以上もある巨大なものだった。

船台は幅二〇メートルごとに鉄骨で四つに区切られている。それぞれの区画の天井には、重量物運搬用の走行起重機が取り付けられている。

三人の目の前を、輪切りのブロックを吊るした起重機が音を立てて動いて行く。

丸石技師は船台を背景に説明する。

「これが、潜水艦の最終組み立てを行う船台です。これまでこの船台では、特型潜水艦を同時に四隻建造してきました。現在は三つの区画で潜高大型《せんたかだいがた》を六隻、一つの区画で潜高小型を四隻同時に建造しています」

梶原は潜高小型のことを初めて知った。

呉工廠は独自に試作艦などを建造した実績がある。潜高小型はその大きさから、特殊潜航艇の改良型かもしれないと思った。

梶原は疑問を素直に口にした。

「潜高大型についてはよく知っている。しかし、潜高小型は初めて聞く。どのような目的を持った潜水艦なのか」

浅野中佐が丸石技師に代わって答えた。

「その件については、明日の会議で福田部長がはっきりさせる。今は建造中の潜水艦をしっかり見てほしい」

浅野中佐の言葉から、梶原は自分の知らぬところで何か変化が起きていると思った。

丸石技師が説明を続ける。

「特型潜水艦は長さ一二二メートル、幅が一二メートルありました。潜高大型は長さ七九メートル、幅五・八メートルです。潜高小型は長さ五三メートル、幅四メートルです。

この大きさの違いから、潜高大型は一区画で横に二隻並べ、潜高小型は縦に二隻、横に二隻並べ同時に四隻建造します」

船台上の潜高大型は三割程度、潜高小型はほぼ完成状態にあるようだ。

「潜水艦はすべて全溶接ブロック建造方式で建造しています。ブロックはすべて内工場で製造します。出来上がったブロックは、起重機でこの船台まで運び、電気溶接で結合する工法です」

丸石技師が説明している間も、起重機は次々とブロックを内工場から船台へと運んで来る。

「潜高大型の安全潜航深度は、これまでの潜水艦の二倍に達する二〇〇メートルにもなります。潜水艦が深深度の高圧に耐えるには、艦体の小さな傷が致命傷になりかねません。

電気溶接の工法、スクリュー、潜望鏡、シュノーケル、ハッチなどの取り付け方法、便器の排水などすべての面で高圧に対する工夫が必要になります。現在のところ、潜高大型は建造技術の面から呉工廠のみで建造しています」

安全潜航深度二〇〇メートルを実現するには、溶接可能な高張力鋼があれば可能というわけではないらしい。

次に一行はランチに乗り、呉湾の湾口の大麗女《おおうるめ》島に向かった。呉工廠造船部は大麗女島にあった五本のトンネルを拡張・整備し、工作設備、格納設備、動力設備、照明設備、全トンネルへの軌道を設置して地下工場を作り上げた。

この地下工場を造船部大麗女島工場と呼んでいる。

丸石技師の説明が始まった。

「特殊潜航艇は、AからGまで七つのブロックを電気溶接で繋ぎ合わせて製造します。まず大麗女島工場で、AからGまですべてのブロックを製造します。製造したブロックは船で倉橋島大浦崎の呉工廠分工場へ運んで組み立てます」

工場はブロックを作る班ごとに分かれている。各班は一つのブロックを流れ作業方式で連続して製造する。作業は手際よく進められ、見る間にブロックが出来上がっていく。

丸石技師が地下工場を一巡したところで呼びかけた。

「では、特殊潜航艇を組み立てる大浦崎の分工場へ行きましょう」


一行は再びランチに乗り、大浦崎へ向かった。

大浦崎には組立工場に隣接して吊揚場や電池組立工場、充電場なども備えられ、最終組立工場の雰囲気が漂っている。

組立工場に入ると、特殊潜航艇が縦に二艇、横に五艇並べられ、電気溶接の火花を飛ばしながら組み立てている光景が見えた。

「この工場では初めにAからGまでのブロック、電動機、内燃機関、電池部品、特眼鏡、シュノーケルなど部品の品質検査を行います」

丸石技師は作業手順を説明しながら組立工場を一巡した。

「出来上がった特殊潜航艇は吊揚場から海に降ろされます」

梶原は起重機に吊り下げられた特殊潜航艇を見て口にした。

「これが甲標的丁型の特殊潜航艇か。流線形をした見事なものだな」

甲標的は甲型、乙型、丙型と進化してきた。そして、軍令部が要求する性能を満足する最終型が丁型である。

すると、丸石技師が意外な話をした。

「丁型は黒木博司機関中尉の超人的な働きにより、特殊潜航艇の集大成として生まれ変わったと言えるでしょう」

「黒木中尉とは？」

「黒木中尉は機関学校の生徒時代から特殊潜航艇に興味を持っていたようです。本人の強い希望により呉工廠魚雷実験部勤務になってから、凄まじい熱意で甲標的の研究に没頭していました。

黒木中尉は赴任直後に甲標的の欠点を見抜き、楕円形司令塔、司令塔トップのガラス貼り風防、操縦室内の配置、機関室の配置を改良した甲標的丁型を作り上げました。

それから試験と改良を繰り返し、ようやく軍令部の要求する性能の甲標的丁型が完成したのです。

これまでの甲標的と比較すると、丁型は外見が一変し、耐波性・凌波性などの航洋性能が大幅に向上し、航続距離は一〇〇〇海里を超える性能を実現しています。

試験結果は計画以上の好成績で、甲標的丁型を蛟龍《こうりゅう》と命名し、制式採用となったのです」

梶原は思わず言った。

「蛟龍は熱意と努力の賜物というわけだな」

「その通りです。ただ、蛟龍は長さ二六・二五メートル、船殻直径二・〇四メートル、水中排水量も六〇トンに満たず、運用に課題が指摘されているようです」

梶原は課題と聞いて疑問を持ったが、ここで質問するのはやめた。

「蛟龍は造船部大麗女島工場でAからGまでのブ

ロックを製造し、ここで最終組み立てを行います。初めは組立作業を念入りに行ったため、半月ほどかかりました。作業手順が確立した今では、試験航行を含めて五日で組み立てが終了します」

呉工廠は全溶接ブロック建造方式が当たり前になっている。丸石技師の話から、呉工廠では一か月に蛟龍を三〇艇製造しているとわかった。

その後は魚雷実験部へ向かい、回天一型と四型を見てまわった。

二六日の朝、造船部会議室に入ると、軍務局第一課潜水艦関係主務部員泉雅爾中佐と艦政本部第七部員奥田増三機関大佐の姿があった。

九時少し前になると、潜水学校の今和泉喜次郎大佐と兵術教官の川島立男大尉、呉工廠魚雷実験部から部長渡辺清水技術大佐と鈴川薄技術大尉が会議室に入ってきた。

今和泉大佐は、第一潜水隊が甲標的でマダガスカル島のディエゴスアレスを攻撃したときの隊司令である。川島大尉は海兵六四期恩賜《おんし》卒業の秀才ながら、砲術や水雷、航空を専攻せず、潜水艦を専攻した。

梶原は出席者の顔ぶれを見て思った。

「打ち合わせには特殊潜航艇関連部署の主要者全員が出席している。ここで何か重大な決めごとを行うつもりだな」

福田少将が打ち合わせの主旨を述べた。

「これより特殊潜航艇と誘導魚雷について精査と確認を行いたい。よろしいか」

福田少将は重要な打ち合わせとは思えない、やさしい言い方をした。しかし、福田少将の表情には真剣さがにじみ出ている。

「まず、誘導魚雷回天について魚雷実験部より説明する」

渡辺大佐に説明が変わる。

「有線操舵の回天一型は、これまでに一二〇基製造した。潜水学校は練習潜水戦隊のイ一五三、イ一五四、イ一五五を使って操舵員を訓練している。訓練は順調で、実戦部隊の巡潜の改造が終われば いつでも出撃できる状態にある。

回天四型は、二〇ノットでの航続力八〇キロ、最大速力四〇ノット、弾頭炸薬一・八トンの性能を有する。そのため必要な機関出力は一五〇〇馬力となる」

魚雷に搭載する超小型の一五〇〇馬力機関を実現するのは並大抵の努力ではない。

魚雷実験部は、過酸化水素と水化ヒドラジンを燃料とするピストン方式の二型、タービン方式の三型を研究してきたが、最終的には九三式魚雷の機関を八気筒にした四型に落ち着いたと言う。

回天四型は直径一・三五メートル、長さ一六・五メートルもの超大型魚雷だ。有線による操舵は一型も四型も同じ方式である。

渡辺大佐は問題も明らかにした。

「回天四型は技術的に未解決の問題がいくつかあるので、実戦配備は少し先になる。自動追尾装置については、まだ研究段階にある」

技術問題については誰もがやむを得ないと納得した。次は特殊潜航艇に関する議論となる。

梶原が質問した。

「昨日、船台で建造中の潜高小型を見た。これは、どのような目的の艦か」

ここで川島大尉が熱弁をふるった。

「自分は、軍令部と国家戦略研究所がまとめた南方資源地帯占領の第一段作戦、防衛線構築の第二段作戦、島嶼防衛の第三段作戦について研究してきた。島嶼防衛は第一陣、第二陣、第三陣の陣構えで米艦隊を迎え撃つと理解した。

具体的には、まず最前線の第一陣が押し寄せる米艦隊を防ぐ。その間に第二陣は最前線へと前進し、第一陣に代わって米艦隊を防ぐ。第三陣は第二陣の線まで前進し、状況を見て第二陣に代わって最前線へ進撃し、米艦隊と戦う。第一陣、第二陣、第三陣は入れ替わり、これを繰り返す。

特殊潜航艇は自力で第二陣から第一陣、第三陣から第二陣へ航行する性能が必要なため、一〇〇〇海里の航続距離が必要になる。この考え方でよろしいか」

川島大尉は、梶原が島嶼防衛の作戦計画立案者と知っているようだ。梶原が答えた。

「蛟龍は一五〇馬力の内燃機関を積んでおり、一〇〇〇海里航行可能と聞いた。第三段作戦で必要な特殊潜航艇が完成したと思ったが」

川島大尉は意外な返事をした。

「蛟龍は敵輸送船団を待ち伏せ攻撃するのは可能である。しかしながら、蛟龍の性能を考えると米艦隊との交戦は難しい」

梶原は川島大尉の言葉に一瞬ひるんだ。

「どうしてだ」

「蛟龍は八ノットなら一〇〇〇海里航行できる。そのため連続行動日数は五日となっている。

ただし蛟龍は直径二メートル、全没排水量が六〇トンにも満たない小さな艇である。この艇内に艇長、主艇付、副艇付、電気員、機械電信員と五名の搭乗員が乗り込む。

艇長は、兵学校出身者や予備士官の中から身体強健で意思強固な者、元気旺盛で攻撃精神旺盛な者を選抜している。艇付の兵曹も高等科電信、高等科水雷、高等科操舵卒業生の中から優等生や教官経験者を選んでいる。

搭乗員は艇に乗り込むと、横になって寝ることができない。艇が小さく軽いため、搭乗員が操縦室以外へ移動するとトリムが変わってしまう。

しかも潜航すると艇内の温度と気圧が上昇し、酸素欠乏と二酸化炭素の増加のため、一〇時間を超えると身体強健な搭乗員でも失神状態に陥る。シュノーケル航行なら酸素欠乏には陥らない。それでも不眠不休で連続五日の搭乗は、肉体の限界を超える」

聞けばその通りである。川島大尉は蛟龍の弱点に触れた。

「魚雷は高圧空気で発射するが斉射はできない。魚雷を発射すると、発射管内部は空気で充満するため、艇首が軽くなり水上に飛び出す。次の瞬間には発射管に海水が入り、艇首が水中に突っ込み前後運動が起こる。

さらに、蛟龍は魚雷の斜進角を調定できないため、魚雷の進路と発射方位を一致させなければならない。したがって、二本目の魚雷を発射するためには、改めて照準をやり直す必要がある」

梶原は自分の不勉強さを悟った。

「蛟龍は待ち伏せ攻撃に向いている。潜高小型は陣地間移動が可能で、外洋でも敵輸送船団攻撃が可能だと言うのだな」

梶原の言葉に川島大尉はほっとした表情を見せた。今度は浅野中佐が説明する。

「潜高小型は剣龍の名称で呼んでいる。剣龍は昭和一三年に試作した水中高速潜水艦第七一号艦の流れをくむ。

第七一号艦は信頼性不十分、水上速力過少、乗員の耐久力に対する懸念、量産不適と指摘された。剣龍はこの指摘をすべて解決した小型潜水艦である。

大きさは全長五三メートル、直径四メートル、排水量三二〇トン。安全潜航深度は通常の潜水艦と同じ一〇〇メートルで、五三センチ魚雷発射管を二門装備し、魚雷は四本搭載する。

小型ながらも電波探信儀と魚雷方位盤を装備しており、潜水艦として必要な機能をすべて備えている。

これまでに呉工廠が建造した四隻の剣龍で航行試験したところ、速力は水上で一三ノット、水中で一五ノットと計画より一ノット上回っている。急速潜航時間はたったの一五秒、水中運動性能もこれまでのどの潜水艦より優れている
乗組員は第七一号艦の士官三名、兵員八名から、士官二名、兵員一〇名と一名増員となった。兵員は二直勤務となる。士官も兵員も三段ベッドで睡眠をとる。したがって、連続行動日数二週間も十分可能となった」

艦政本部の寺田明造船官は構造と艤装の簡易化を図り、全溶接構造とブロック建造方式を採用した潜高小型を、わずか一か月で設計したそうだ。以前から研究を積み重ねてきたことがわかる。

泉中佐が潜高大型と剣龍の建造計画について話した。

「潜高大型は技術的な観点を考えて、呉工廠と横須賀工廠に集約し、建造すべきと考えている。両工廠とも潜高大型を同時に八隻建造できる設備が整っている。

剣龍であるが、佐世保工廠、川崎泉州工場、川崎神戸造船所、三菱神戸造船所で量産する準備を進めている。準備が整えば、これらの造船所は同時に八隻から一六隻建造できるようになる。

剣龍は量産が始まれば、一〇か月で一〇〇隻建造できる」

奥田大佐は各自に念を押した。

「剣龍の大量建造について、各部署の同意が得られたと判断する。よろしいな」

議題の討議が終わると、奥田大佐が潜水艦の将来像について自分の考えを話した。

「特型潜水艦は、桜花を搭載すれば五〇〇キロ先の標的を攻撃できる。技術が進歩すれば桜花の航続力は五〇〇キロから一〇〇〇キロ、そして二〇〇〇キロへと長大化するだろう。

さらに、潜航状態で桜花を発射できるようにもなるだろう。そのうえ精密誘導により、桜花は確実に標的へ命中させることも可能になるのだ。

潜高大型は三式魚雷方位盤により潜航したまま標的に魚雷を発射できる。魚雷が自動追尾装置を備えていれば、確実に標的を破壊できる。

潜高大型は海中で活動中の敵潜水艦を探知し、自ら潜航した状態で攻撃できる機能を持つ。つまり、海中戦を行える唯一の潜水艦なのだ。

数年後の潜水艦は特型潜水艦と潜高大型の二種類に集約され、発展して行くと考えられる」

数年前まで軍令部と連合艦隊の参謀は、電波兵器について無知な議論を交わしていた。ひょっとしたら潜水艦についても、電波兵器と同じように無知な考えに取りつかれているのかもしれない。梶原は人知れず冷や汗を拭《ぬぐ》った。

梶原は今和泉大佐の声で我に返った。

「光基地に隣接した潜水学校では、一〇月までに三〇〇艇の蛟龍を稼働できるよう、搭乗員を五〇〇名ずつ訓練している。搭乗員は三か月の訓練後に各部隊へ配属となる」

蛟龍は呉工廠、芝浦タービン、三川で一か月に三〇艇、三井玉野造船所、新潟鉄工、日立向島、石川島播磨、三神では一か月に一〇艇を量産する体制を整えたと言う。

最後に福田少将が、みんなを招集した理由を述べた。

「蛟龍、剣龍の量産について同意が得られたと思う。これらは島嶼防衛に間に合わなければ意味がない。中央は昭和一八年度予算の執行を待つのではなく、ただちに量産へ移るよう手続きを取ってもらいたい」

泉中佐が答えた。

「海軍省はただちに蛟龍と剣龍の量産開始手続きを取ります。梶原中佐、軍令部としても異存はないであろうな」

起案書はここにいる中佐クラスの参謀が書く。梶原は明言した。

「承知した。軍令部は第一優先で手続きを取る」

梶原は第三段階における潜水艦作戦について、もう一度、運用内容を精査する必要があると感じた。

3

一九四二年（昭和一七年）一二月初めの時点で、北アフリカのドイツ第六軍は東からイギリス軍に、西からアメリカ軍に追いつめられていた。

そんな状況にある一二月六日に日本軍は真珠湾を攻撃し、太平洋艦隊に壊滅的打撃を与えた。日本軍の真珠湾攻撃はイギリス軍に対し、アメリカ軍を太平洋へ引き付ける作戦との疑心を与えた。

日本軍の真珠湾攻撃で危機感を抱いたのは、アメリカの政府首脳や軍首脳より、むしろイギリスのウィンストン・S・チャーチル首相であったようだ。

イギリスはただちに反応し、アメリカに対して英米両軍の戦略会議をモロッコのカサブランカで開きたいと申し込んできた。

アメリカ軍は一一月一四日に北アフリカのモロッコに上陸し、一二月中旬までにカサブランカを完全制圧した。戦略会議をカサブランカで開くところに、イギリスの思惑が感じられる。

英米戦略会議は一九四三年一月一四日から二四

日まで開かれた。

イギリスからはチャーチル首相と陸海空三軍参謀長会議議長アラン・ブルック大将が、アメリカからはルーズベルト大統領、マーシャル陸軍参謀長、キング作戦部長が出席した。政府と軍からも大勢の随員がカサブランカへ押し寄せた。

イギリス陸軍参謀総長アーサー・ブライアント大将は、会議は終始イギリスの主導で行われ、「ドイツ進攻を第一とする」をアメリカに再確認させることに成功したと手放しで評価している。

一月二四日の記者会見で、ルーズベルト大統領は「近い将来、太平洋方面でラバウル、ニューギニアの奪回作戦、マーシャル諸島からカロリン諸島へ進攻する作戦の可能性を探る」と発表した。

一九四三年二月九日朝七時、キング作戦部長は真珠湾の飛行艇桟橋に降り立った。

桟橋には太平洋艦隊司令長官フレデリック・J・ホーン大将、参謀長レイモンド・A・スプルーアンス少将が出迎えた。

真珠湾では日本軍の攻撃で破壊された戦艦の解体作業が行われている。横倒しになった戦艦に五〇本の鋼鉄ワイヤーを取り付け、五〇輌の大型ブルドーザーが一斉にワイヤーを引く様子も見られる。

キング作戦部長は真珠湾を背に唇を噛みしめながら、太平洋艦隊の仮司令部へと急いで歩く。キング作戦部長は太平洋艦隊の参謀を前に力説した。

「カサブランカ会談の結論は、米英両軍の決定事項となる。太平洋艦隊は日本進攻のため、何をなすべきかを探らねばならない。

太平洋艦隊は日本軍が再びハワイを攻撃して来るのを待つのではなく、日本軍に対して限定的な攻勢を実施するのはもちろん、近い将来における反攻計画を検討してもらいたい」

ホーン大将が答えた。

「マーシャル、カロリン、マリアナ諸島を経て日本へ向かう戦略は十分理解しています。我々としてもできるだけ早く日本に対し、攻勢を取りたいと望んでいます」

ホーン大将は躊躇《ためら》うように続けた。

「しかしながら、太平洋艦隊はマーシャル諸島攻略に必要な艦艇も部隊も持っていないのが現状です」

たとえキング大将とて、アメリカ統合参謀本部、さらには米英合同参謀本部の許可を得なければ何もできない。

キング大将は海軍作戦部長として、統合参謀長会議のメンバーを説得しなければならない宿命を負っている。キング大将としても苦しい立場にある。

「厳しいのは承知のうえだ。太平洋艦隊は早急に反攻作戦に必要な戦力と時期の検討を進めるように」

キング長官は、統合参謀本部の命令を太平洋艦隊へ伝えた。

賽《さい》は太平洋艦隊に投げられたのである。太平洋艦隊は早急にマーシャル諸島占領計画を練らねばならない。参謀たちは連日のように検討会を開いて話し合った。

二月一五日午前九時、ホーン大将は仮司令部に幕僚を招集し、作戦会議を開いた。そろそろ作戦計画の方針を出さなければならない時期である。

会議の前にホーン大将は情報参謀マッカラム中佐を促した。

マッカラム中佐は幼年期を日本で過ごしており、日本人と同等に日本語を話せる。これまでワシントンの海軍情報部で極東課長を務めていた人物だ。

レイトン中佐は日本軍の真珠湾攻撃で行方不明

となり、戦死が認定された。ホーン大将は兵站が専門であるが、情報の重要さを誰よりも重要視する提督でもある。

マッカラム中佐は日本に対する深い知識を有する。ホーン大将は太平洋艦隊司令長官に就任するにあたって、太平洋艦隊情報参謀にマッカラム中佐を強く要望した。

マッカラム中佐はピンク色の用紙にタイプされた電文を読み上げた。

「アメリカ東部時間の本日一五日未明に、ドイツ軍は新型兵器でノーフォーク港を爆撃したとの情報が入ってきました。損害は軽微とあります。

しかし、新型空母エセックスに爆弾が命中したようです」

作戦参謀ダンカン大佐が絶句した。

「ノーフォーク港が爆撃を受けただと！」

ドナルド・B・ダンカン大佐は有能な計画立案者として知られている。これまで統合参謀本部で作戦計画立案の仕事についていた。

「どのような新型兵器だったのか」

スプルーアンス少将が冷静に尋ねた。マッカラム中佐は落ち着いてアメリカ軍の対応を話す。

「新型兵器はジェットエンジンで飛行する無人機とあります。陸軍はノースロップ社と組んでジェット戦闘機を開発しています。そのためでしょうか、新型兵器の解明は陸軍で進めるようです」

ホーン大将が話をさえぎった。

「ドイツ軍のノーフォーク港爆撃については、今後の陸軍の解明を待つとする。では、本日の議題に入る。まず統合参謀本部の考えである。

統合参謀本部はマーシャル諸島のクェゼリン、マロエラップ、ウォッジェ、ミレ、ヤルートの五方向に対して攻撃を仕掛け、占領する作戦を示唆している。これに対し、各自がこれまでに検討した結果を聞きたい」

スプルーアンス少将が反対意見を述べた。

「太平洋艦隊は、マーシャル諸島の日本軍に関する情報を持ち合わせていません。いきなりマーシャル諸島を攻略するとなれば、予想と立証されていない理論を織り交ぜた想像的な作戦内容で戦わざるを得ません。つまり、作戦成功の確実性が見えないのです。

戦闘体験の乏しいアメリカ軍が、珊瑚礁の小さな島を攻撃・占領するため五方向に分散したとき、日本艦隊がいずれかの一方に戦力を集中させれば、アメリカ軍は弱点を露呈して混乱が生じます。そこを日本軍につけ込まれる恐れがあります。

それに、攻撃部隊に兵站支援を行うのに必要な艦隊基地の役割を果たす適切な泊地が、マーシャル諸島の近くにはありません。

兵力を五方面に分散し、さらに後方支援を受けられないとなれば、アメリカ軍の一部が孤立状態に陥る恐れがあり、大損害を受けかねません」

ルーズベルト大統領の発言を忠実に実行しようとすれば、作戦に無理が生ずるのが当たり前である。スプルーアンス少将は、太平洋艦隊の実情に合わせた作戦が必要だと言う。

ダンカン大佐が一つの解決案を述べた。

「マーシャル諸島の日本軍を探るなら航空偵察が適切と考えます。そうであるなら、マーシャル諸島を航空偵察する基地を得ればいいでしょう。

そのためには、まずウェーク島を占領すべきではありませんか」

「占領する島々は、アメリカ軍の基地として役に立つものでなければならない。上陸作戦の目標は艦隊の泊地として、そして飛行場としても使えるのが理想である。

さらに目標は、アメリカ軍の後方連絡線の改善に役立つのが望ましい。ウェーク島は飛行場を利用できるが艦隊の泊地になり得ず、後方連絡線からも遠く離れている」

ホーン大将がため息まじりに言う。

「マーシャル諸島に対する直接の攻撃は考えられないと言うのだな。やはりソロモン諸島の攻略を先に実施すべきなのかもしれない」

ダンカン大佐が消極的な発言をした。

「南太平洋艦隊はガダルカナル島を占領する戦力を持っていません」

ホーン大将が困った表情を見せた。

そのとき作戦室のドアが急に開き、一人の通信士官が作戦室に入ってきた。そして、マッカラム中佐にピンク色の電文を手渡した。

マッカラム中佐は電文を見るなり驚いて報告した。

「フィジーとサモアが日本軍機動部隊の攻撃を受けています。護衛空母スワニーとサンティーに命中弾多数！」

スワニーとサンティーはシマロン級給油艦を改造した護衛空母で、航空機三四機を搭載して北アフリカ上陸作戦後に太平洋へ回航されてきた。太平洋艦隊にとっては貴重な空母である。

珍しくスプルーアンス少将が怒鳴った。

「フィジーとサモアだと！　アメリカ本土とオーストラリアを結ぶ連絡線が危険な状態に陥った。これで先にソロモン諸島を攻略する作戦は考えられなくなった」

誰もが太平洋艦隊は対日反攻作戦を実施するどころではないと思った。ところが、スプルーアンス少将は反攻作戦について話し始めた。

「ハワイに対する脅威を取り除くため、マーシャル諸島とギルバート諸島は占領すべきと考えます」

ホーン大将が目を見開いて言った。

「反攻作戦は可能だと言うのか」

ホーン大将にしてみれば、自身の名誉のためにも中部太平洋における反攻作戦は実施したいのが本音だ。

スプルーアンス少将はこれまで十分検討してきたかのように話し始めた。

「司令長官、まずギルバート諸島を占領し、それからマーシャル諸島に向かって進むべきと考えます。そうすれば、アメリカ本土とオーストラリアを結ぶ連絡線の安全性も高まります」

スプルーアンス少将は全参謀に向かって説得するようにゆっくり話す。

「目標とする島は、戦略的に価値を持つものでなければなりません。その点、ギルバート諸島はその条件に適合しています。

重要なのは、マーシャル諸島を攻略する際には後方支援基地として使えることです。そのうえ、ギルバート諸島の環礁は艦隊の泊地としても使えるとわかっています。

しかも、ハワイと南太平洋を結ぶ連絡線を防衛する位置にあり、後方連絡線の強化にも繋がります。

アメリカ軍はギルバート諸島の東南一〇〇〇海里にあるエリス、フェニックス両諸島に飛行場を建設しました。両諸島から爆撃機を飛ばせば、今でもギルバート諸島の状況を詳しく偵察できます。

エリス、フェニックスの基地航空隊は、ギルバート諸島に対する上陸作戦を支援できるし、この両諸島に対してはハワイ諸島、南太平洋の各島の航空基地から増援部隊を送ることも可能です。

開戦前までギルバート諸島はイギリス領でした。ギルバート諸島に関しては十分な資料があるはずです。

そして、ギルバート諸島を先に攻略すれば、その経験をマーシャル諸島攻略時に活用できます。ギルバート諸島こそが、アメリカ軍が主導権を握って攻略できる目標だと考えます」

統合参謀本部は形はどうであれ、中部太平洋戦略の実施を求めている。太平洋艦隊には、とにかく日本軍に大きな打撃を与えなければならないという課題がある。

ホーン大将が賛成の意を表した。

「ステップ・バイ・ステップで日本軍に攻勢をかけるべきと言うのだな。スプルーアンス少将の意見にしたがって作戦計画を練ってほしい。

作戦計画が出来上がったら、統合参謀本部の認可を得る手続きを取る」

スプルーアンス少将はなおも気を引き締めるように言った。

「日本軍はギルバート諸島とマーシャル諸島の島々に飛行場を建設し、相互支援をする体制を構築したと考えるべきである。

日本軍は我がアメリカ軍より有利な状況にある。その日本軍を制圧するには、日本海軍より一隻でも多くの空母が必要になる」

スプルーアンス少将は、C3型貨物船を母体とする一一隻、シマロン級給油艦を改造した四隻の補助空母が竣工したという情報を得ていた。

補助空母は最高速力が一八ノット前後ながらも、航空機二一機または三四機を搭載し、輸送船団の対潜護衛、航空機運搬用としても使える便利な空母だ。

スプルーアンス少将は独自の情報網から、ギルバート諸島攻略作戦発動までにエセックス級空母六隻、軽空母五隻が就役する見通しを立てていた。

「一度これらの島々を占領したなら、太平洋艦隊は攻勢を取り続けるために必要な兵力を持ち、占領した区域を保持できるであろう」

ホーン大将は、ギルバート諸島攻略は大がかりな水陸両用作戦となると想像した。

4

三月五日午前九時に定例となっている軍令部の作戦会議が始まった。梶原はいつものように戦況報告をする。

「昨日、およそ一か月にわたる作戦を終え、機動部隊が無事に内地へ帰還しました」

第一部長福留少将が満足そうに言う。

「機動部隊はフィジー、サモアの米軍基地を無力化した。さらに、小型ながら空母二隻と駆逐艦四隻、二〇隻近い輸送船を撃沈した。

この攻撃で、米豪連絡線はかなり弱体化したに違いない。米軍のソロモン諸島への圧力も少しは弱まるだろう」

ソロモン諸島方面は、ガダルカナル島の日本軍とエスピリッツサント島のアメリカ軍が、互いに航空機を飛ばして消耗戦を展開している。珊瑚海では日本の第八艦隊と米豪連合海軍はともに決定打を打てないでいる。

「ソロモン、珊瑚海方面の戦線はいわば膠着《こうちゃく》状態に陥ったのだな」

第一課長富岡大佐が戦線の状況を一言で表した。

梶原は海軍便箋を見ながら損害状況について話した。

「機動部隊は今回の作戦で航空機三六機を失い、搭乗員の戦死者は二四名にのぼります。やはり九七式艦攻の被害が一番多いようです」

富岡大佐が応じて言う。

「天山の生産は順調に進んでいる。今後の作戦で艦攻は天山に統一し、出撃できる」

今日は戦状報告以外に具体的な検討項目はない。会議が一段落したところで、梶原は今後の米軍の動きを想定しながら話した。

「実松中佐によると、この一月に北アフリカのカサブランカで米英首脳会談が行われ、ヨーロッパの新聞は連日にわたって会談内容を詳しく伝えたそうです。実松中佐は新聞の中から注目すべき記事の内容をまとめ、軍令部と海軍省の関係者へ配布しています。

その中で特に注目すべきは、会談後にルーズベルト大統領が記者会見で発言した内容ではないかと思います」

富岡大佐は思い出すように言った。

「アメリカ軍は近い将来、太平洋方面でラバウルとニューギニアの奪回作戦、マーシャル諸島からカロリン諸島への進攻作戦に踏み切ると発言したルーズベルト大統領の記者会見の記事だな」

福留少将が少し興奮して言った。

「第三段作戦は開戦から二年後と予想していた。米軍が押し寄せるのは、果たしてソロモン諸島から か、それともマーシャル諸島が先か」

梶原は自分の考えを述べた。

「今回の作戦で機動部隊がフィジー、サモアの米軍基地を無力化し、米豪連絡線は弱体化しました。この状況下で米軍がソロモン諸島の奪回に踏み切るとは考えられません。米軍の攻勢は、中部太平洋から始まると思われます」

富岡大佐が尋ねる。

「日本軍はかねてから島嶼防衛を念頭に準備を進めている。梶原中佐は、準備の進捗状況が心配だと言うのか」

「島嶼防衛も、いまだ具体的な作戦計画としてまとまっていません。このままでは準備不足のまま、第三段作戦へ突入しかねません」

樋端中佐が発言した。

「特殊潜航艇は島嶼防衛の秘密兵器に位置付けられている。艦政本部によると、この三月から各造船所で剣龍と蛟龍の大量生産が始まっている。

米軍の反攻が一〇月以降なら、十分な数ではないかもしれないが、少なくとも剣龍一〇〇隻、蛟龍二〇〇艇を米軍迎撃に投入できる」

梶原は安心して言った。

「それはよかった。米軍の攻勢が中部太平洋からと言っても、果たしてマーシャル諸島なのか、それともギルバート諸島なのか不明のままだ。作戦計画は状況によって大きく変わってくる」

福留少将は結論を出すように言う。

「米軍の反攻が、マーシャル諸島の攻略からなのか、それともギルバート諸島攻略から始まるのか。どちらにせよ、焦点は中部太平洋と考えられる。状況をもう一度精査し、作戦方針の立案を急ぐように。軍令部としては、連合艦隊に対して少なくとも三月末までに作戦方針を指示しなければならない」

福留少将が期限を切った。

「承知しました。早急に立案します」

梶原はまた一つ大きな宿題を抱えてしまった。

作戦方針は第三段作戦の骨組みとなるものである。骨組みが出来上がったら、関連する部署へ提示して問題点の協議を行う。

連合艦隊は骨組みに肉付けを行い、具体的な作戦計画に向けて詰めの作業を行う。

梶原は中部太平洋の地図を前に考えた。

「日露戦争以降、海軍は米太平洋艦隊を仮想敵として漸減邀撃《ぜんげんようげき》作戦を研究してきた。漸減邀撃作戦は技術の進歩とともに進化し、航空戦力と潜水艦戦力を主力とする作戦に変わってきた。

第三段作戦は漸減邀撃作戦の実践となる。作戦方針はこれまで研究を続けて来た島嶼防衛が中心となる」

梶原は、これまでの作戦方針にいささかの揺るぎもなかったと自負している。

「作戦計画は骨組みがしっかりしていないとまったく役に立たない。骨格がぐらついたら、実戦部隊の将兵に戸惑いが広がりかねない。

そうなると、その場しのぎで対応せざるを得なくなる。このような事態が起こってはならない」

梶原は第三段作戦の考え方の精査に入った。

「島嶼防衛は『待ち』の戦法だ。待ちの戦法で勝利を得るには、いかに不敗体制を作り上げるかにかかっている。

攻勢は敵に左右される要素が多いが、守備ならば日本軍独自の努力で確実に戦果をあげられる陣形を作れる。不敗体制を固め、敵を迎え打つ作戦に徹すればいいのだ。

守備は戦力が少なくてすむ戦闘行為そのものである。守備を整え、負けない態勢で敵の出方を待つ。しかる後、敵を破る機会を見逃さず、攻勢に出なければならない。

だから、守備態勢は受け身であってはならない。三段の陣構えは、米軍が勝てない日本軍の守備態勢になるはずだ。しかも戦闘に不可欠な攻撃の要素を織り込んである。

三段陣構えによる島嶼防衛は、米軍に先手を取らせながらも、日本軍が決して後手にまわらない戦法だ。孫子の言うところの『後の先』の戦法になり得る。この戦法は決して間違っていない」

梶原は、改めて三段陣構えは地の利にかなっていると確信した。そして、具体的な戦闘場面を想定すると、日本軍の勝利の構図が見えてくる。

「作戦方針は、これまで積み重ねて来た第三段作戦の骨子を提示すればいい。それなら作戦方針はすべて正攻法にしたがう戦法となる。

そうすれば、ほとんどの人が作戦方針に納得するだろう」

梶原の脳裏には、第三段作戦の次の第四段作戦を成功に導く秘策が浮かんできた。

「秘策は手のうちに隠しておいてこそ秘策となる」

梶原は関門捉賊《そくぞく》の計を念頭に描きながら、作戦方針をまとめた。

三月一五日、米内総長、伊藤次長、軍令部各部長と課長が出席し、第三段作戦方針に対する検討会が始まった。

早速、伊藤次長が質問した。

「地の利を得るには、米軍がギルバート諸島に押し寄せる根拠が必要だ。それはなにか」

梶原は自信を持って答えた。

「最大の根拠は、カサブランカにおけるルーズベルト大統領の発言になります。

ソロモン諸島方面は日米両軍が航空戦を展開しています。日本軍は陸海軍ともに優れた性能の戦闘機で戦っており、三対一の割合で戦果をあげ続けています。

そのうえ米軍は米豪連絡線を破壊され、後ろ盾を失いました。したがって、ソロモン諸島から攻勢に出るとは考えにくいのです」

伊藤次長はなおも質問する。

「では、マーシャル諸島はどうか」

「日本軍はマーシャル諸島を囲むようにウェーク島やナウル島、オーシャン島、それにギルバート諸島を押さえています。これらの島々は、飛行場によって相互に支援する不沈空母群にたとえられます。

米軍がマーシャル諸島へ押し寄せたら、これらの不沈空母群から攻撃を受けます。さらに我が空母機動部隊も待ち構えています。

したがって、米軍のマーシャル諸島攻略は大きな代償を払い、撤退せざるを得なくなる可能性が大です」

梶原は念を押すように言った。

「中部太平洋は東経一八〇度を境に、東方が米軍の、西方が日本軍の勢力圏内になっています。

アメリカ人は日本人より合理的と言われています。合理的に考えるなら、米軍の反攻はフェニックス諸島、カントン島、ハウランド島、ベーカー島の支援を受けられるギルバート諸島から始まると判断せざるを得ないのです」

梶原の判断は確信に近いものである。またしても伊藤次長が質問した。

「では、日米両軍の戦力をどのように分析したのか」

「実松中佐の調査によれば、今年の末までに就役する米海軍の空母は、大型のエセックス級が七隻、小型のインディペンデンス級が九隻とあります。米軍の反攻開始が一一月頃と仮定すれば、その戦力は最大で大型空母六隻、小型空母六隻、三万五〇〇〇トンの新型戦艦も六隻と推測できます。

これに対応して日本海軍は、第三艦隊を中心とする機動部隊を編成して戦います。

この二月末に⑤計画の空母一番艦、筑波が竣工しました。これで第一航空戦隊から第四航空戦隊まで、大型空母二隻、中型空母二隻を基幹とする空母四隻体制が完了しました。

機動部隊は、この第三艦隊に第一艦隊の戦艦を加えて編成します。これは米太平洋艦隊に十分対抗できる戦力になります」

検討会は、第一陣、第二陣、第三陣の陣構え、機動輸送団による補給体制など、全般にわたって質疑応答が行われた。

梶原は検討会で指摘された点を修正し、軍令部の作戦方針としてまとめた。

三月二五日、米内軍令部総長は大海指二〇九号をもって、第三段作戦海軍作戦方針および連合艦隊の準拠すべき作戦方針を指示した。これにより第三段作戦計画は連合艦隊司令部が作成する。

梶原の作業は一段落した。だが、気になって仕方がないのは指揮官である。

「第三段作戦で、指揮官は大きな部隊の指揮を執るのだ。そのような指揮官は忍耐と寛容さ、そして精神力と勇気と決意を持ち合わせていなければならない。

人間的に魅力ある人物で、悲運に際しても動揺しない楽観的な精神を持ち合わせている必要がある。他の者の意見を辛抱強く聞き、その後で賢明な判断を下し、そして断固たる決意を持ってこれを実行する。このような能力を兼ね備えている将官は……」

梶原の脳裏に山口多聞中将と角田覚治中将、二人の姿が浮かんだ。

二人は昨年一一月一日に揃って中将に昇進した。角田中将はハワイ作戦が終了した今年の一月に、山口中将はフィジー、サモア作戦が終了した三月に軍令部出仕となった。

しかし、梶原に人事を語る資格はない。状況を見守るだけである。

第4章　ガルバニック作戦

1

太平洋艦隊司令部は統合参謀本部へ中部太平洋戦略を提出した。それからまもなく、太平洋艦隊に統合参謀本部からの意見書が届けられた。

ホーン司令長官が困った表情で話す。

「スプルーアンス参謀長、陸軍のマッカーサー将軍はニューギニア、フィリピンを経由して日本へ進撃すべきと主張しているようだ。

もしそのような主張が通れば、太平洋艦隊はマッカーサー将軍の指揮下に置かれる」

ホーン司令長官は、太平洋艦隊がマッカーサー大将の指揮下に入ることなど決して認められないと言う。だが、マッカーサー大将は西南太平洋地域連合軍総司令官の立場にある。それにマッカーサー大将の政治力は無視できないほど大きい。

スプルーアンスは不信感を表すように言った。

「マッカーサーは大統領選に立候補する野心を持っています。マッカーサーの戦略は、自分の名声を上げようとする企みから出たものです」

「そうかもしれない。だが、統合参謀本部はマッカーサー将軍の意見を放っておくわけにはいかない。

統合参謀本部は、太平洋艦隊と西南太平洋地域連合軍による合同作戦に関する決定を行うため、ワシントンで会議を開くと言ってきた。私の代理としてワシントンへ行ってもらいたい」

ホーン司令長官は、統合参謀本部に中部太平洋戦略を認めさせるには、スプルーアンスから説明させるのがいいと思ったようだ。

「承知しました」

スプルーアンスは三月中旬から二週間の予定でワシントンへ出張した。

三月二一日日曜日の朝、統合参謀本部で合同作戦に関する会議が行われた。マッカーサー大将の代理として参謀長サザーランド少将が出席した。南太平洋艦隊司令官ハルゼー中将の代理は参謀長のロバート・B・カーニー少将ではなく、腹心のブローニング大佐だった。

統合参謀本部からはリーヒ海軍大将、キング海軍大将、マーシャル陸軍大将、アーノルド陸軍大将が出席した。この会議は言ってみれば、太平洋における陸軍と海軍の主導権争いである。

初めにキング提督が、中部太平洋から日本に向かう利点について説明した。これにサザーランド少将が反対意見を述べた。

「マッカーサー将軍は、南太平洋艦隊の協力が得られれば南太平洋地域の日本軍に対する有利な作戦を展開し、早急にソロモン諸島を奪回できると言っています。さらに、ニューギニアにも攻勢をかけて奪回できるとも」

討議を聞いているうちにスプルーアンスは、マッカーサー大将もハルゼー中将も作戦に必要な兵力を持っていないことに気づいた。

キング提督も同じように思ったようだ。キング提督がそこを突いた。

「兵力不足のために陸上作戦が進展しないなら、

太平洋艦隊を南太平洋へ釘づけするのは反対である。太平洋艦隊は、もっとどこか適切な方面で活用すべきである」

キング提督は暗に中部太平洋方面から攻勢を実施すべきだと主張した。

会議は長時間、陸上作戦について討議を続けた。ついにスプルーアンスに意見を述べるチャンスがめぐってきた。

「ガダルカナル島をめぐる作戦の間、太平洋艦隊はガダルカナル島周辺に釘づけになっていました。そして、ガダルカナル島をめぐる戦いの結果はご存じの通り、膠着状態にあります。

現在の日本艦隊は、どこでも望むところで作戦を実施できます。その一つが、先の日本空母機動部隊による真珠湾攻撃にほかなりません。

マーシャル諸島とギルバート諸島の攻略は、真珠湾に対する日本軍の脅威に備え、さらには脅威を取り除くための作戦でもあります。

中部太平洋からの攻略はハワイの安全を守るため、アメリカとオーストラリアを結ぶ連絡線強化のため、そしてなによりも日本を撃破する性格を持つ戦略にほかなりません」

スプルーアンスはハワイの安全確保を強調した。この説明は統合参謀本部のメンバーを説得するに十分な理由付けを行ったと思えた。

しかし、統合参謀本部は結論を出さずに会議を閉会した。

翌日になって、スプルーアンスはキング提督から会議の結論を聞かされた。

「統合参謀本部は、マッカーサー将軍とハルゼー中将に南太平洋で限定的な作戦を実施してもよいとの結論を出した。ただし、太平洋における全般的な戦略については結論が先送りとなった」

スプルーアンスはキング提督の前を辞すると、

統合参謀本部の思惑を推測した。

「結論を出すには、米英連合国参謀本部とルーズベルト大統領の同意を得なければならない。やっかいなことに統合参謀本部だけでは結論を出せないのだ」

それでもスプルーアンスは、中部太平洋戦略は必ず認められると確信していた。

ワシントンに滞在中、スプルーアンスは統合参謀本部で幕僚として働いている旧友のカール・ムーア大佐を何度か訪ねた。

ムーア大佐は提督昇進の選考に漏れていたが、戦略家として、また計画立案者として優れた能力の持ち主である。

ムーア大佐はスプルーアンスに、いつかまた海上勤務に戻りたいとの胸のうちを明かした。

真珠湾への帰路、スプルーアンスは西海岸のサンディエゴに立ち寄った。

スプルーアンスがプエルトリコに勤務していた頃、ホーランド・M・スミス少将と一緒に上陸訓練を行った覚えがある。現在、スミス少将はサンディエゴで上陸部隊の司令官を務めている。

スプルーアンスが訪れたときも、スミス少将は上陸作戦に任ずる部隊の訓練を行っていた。

スプルーアンスは予定通り、三月下旬に真珠湾へ戻った。

その後いくら待てども、統合参謀本部から中部太平洋戦略について連絡がないまま、時間だけが過ぎた。

いつしか五月になっていた。日米両軍は相変わらず、南太平洋で一進一退の消耗戦を繰り広げている。

そんな五月のある日の朝、スプルーアンスが宿舎から司令部へ向かって歩いて行くと、ホーン司令長官と出会った。

「司令長官、おはようございます」

「これは参謀長、おはよう」

ホーン大将がおもむろに切り出した。

「参謀長、私は艦隊司令部の人事に手をつけなければならないと思っている。私は、君を転出させねばならない事態になりそうだ」

日本軍に対して中部太平洋から反攻の狼煙《のろし》をあげるとしたら、そろそろ作戦部隊の編成に取りかからなければならない。

ホーン司令長官は、暗に中部太平洋における攻勢の指揮をとる任務についてスプルーアンスに打診したのだ。

スプルーアンスはホーン司令長官の本音を読みとって答えた。

「私は近い将来、日本軍に大きな打撃を与えなければならないと思っています」

この日は、これ以上の話はなかった。将官の補職については、すべてキング作戦部長の認可が必要になる。ホーン司令長官の一存では決められない。

五月下旬、ホーン司令長官はキング提督と会談するためにサンフランシスコへ向かった。そして五月三〇日、ワシントンからスプルーアンスを海軍中将へ昇進させる電報が届いた。

これにより、スプルーアンスが中部太平洋から反攻に移る大艦隊の司令官に任命されることが確実となった。

六月初め、ホーン司令長官がサンフランシスコから戻ってきた。司令長官はスプルーアンスに告げた。

「スプルーアンス中将、キング提督が君をマーシャル諸島攻撃に向かう部隊の司令官に任命することを認可した。準備に入ってほしい」

「ありがとうございます。早速、準備に取りかかります」

アメリカ軍では、幕僚の選定を司令官自らが行う。スプルーアンスは太平洋艦隊参謀長の忙しい身であるが、時間を見つけて自分の幕僚の選定に入った。

「参謀長は激務をものともしない勤勉な人物でなければならない。それに、司令部管理の面でも計画能力の面でも優秀な人物が必要だ」

スプルーアンスは、三月にワシントンで何度か話し合ったカール・ムーア大佐を思い浮かべた。

スプルーアンスはムーア大佐に自分の参謀長になってくれるか、問い合わせる手紙を書いた。ムーア大佐から、ただちに申し出を受ける旨の返事が届いた。

「ギルバート諸島攻略は水陸両用作戦となる。上陸作戦をいかに実施するか、これに必要な能力を持った指揮官が必要になるが……」

思い当たるのは、数十年にわたって親交を続けているリッチモンド・K・ターナー少将だ。しかし、現在のターナー少将は南太平洋艦隊司令官ハルゼー中将の配下にある。

スプルーアンスはホーン司令長官に、ターナー少将を配下に欲しいと願い出た。そして認可を得た。

次は上陸部隊の指揮官である。

「海兵隊の指揮官は、スミス少将以上の適材は考えられない」

スミス少将は上陸作戦に関する戦術、装備の開発に長年の経験がある。スミス少将についても認可が得られた。

「さて、空母部隊の指揮官には心当たりがない」

ホーン司令長官に相談すると、海軍航空部隊出身のチャールズ・A・パウノール少将を選定してくれた。

スプルーアンスは、来るべき作戦の主要幕僚の選定をひと通り終えた。

七月二〇日、スプルーアンスはホーン司令長官に呼ばれて長官室に入った。

「スプルーアンス中将、統合参謀本部から一一月一五日にギルバート諸島のタラワ環礁とナウル島を占領せよとの正式命令が太平洋艦隊に届いた。作戦名はガルバニックだ」

「司令長官、少し時間がかかり過ぎたように思います。ですが、統合参謀本部から正式な命令が出て安心しました」

「連合国参謀本部の同意が必要なので、時間がかかったことは仕方がない。連合国参謀本部は、二方面から絶えず日本軍に圧力を加える戦略に同意したと聞いている。

統合参謀本部はイギリスを慮《おもんぱか》って、太平洋艦隊は中部太平洋から、マッカーサー将軍は西南太平洋方面から、日本に向かって進攻する許可を与えたのだろう」

結論はスプルーアンスの予想通りだった。

この決定により、オーストラリア海軍はマッカーサー将軍の下に配置される。

しかしながら、オーストラリア海軍には日本海軍に対抗する力がないのは明らかだ。マッカーサー将軍は、太平洋艦隊の多くの艦艇を配下に置くよう要求してくるだろう。

七月三一日、ムーア大佐が飛行機で真珠湾に到着した。新しい太平洋艦隊参謀長チャールズ・H・マクモリス少将も顔を見せた。

八月一日、スプルーアンスは正式に第五艦隊司令官に任命された。

参謀は参謀長の部下である。ムーア大佐は部下となる参謀の選定に入った。

スプルーアンスはムーア大佐に要望した。

「兵站参謀を置くべきだ。なぜなら、艦隊は基地から数千マイルも離れた広い太平洋を自由に行動しなければならない。艦隊はそのような海域で燃料、糧食、弾薬、修理部品、消耗品の供給を必要とする。

それともう一つ。艦隊は海洋に分散した数百の部隊が、確実に秘密を保ちつつ通信を交わす必要がある。通信参謀にも力を入れてほしい」

「承知しました。お任せ下さい」

ムーア大佐は短時間で作戦参謀エメリット・P・フォレステル大佐、兵站参謀バートン・B・ビッグス大佐、通信参謀ジュスタス・R・アームストロング中佐、通信参謀補佐ウィリアム・B・マコーミック少佐、砲術参謀兼航海参謀ラッセル・S・スミス中佐を選定した。

そしてスプルーアンスの副官に、ハーバード大学で弁護士の仕事をしていたチャールズ・F・バーバー大尉を連れて来た。

これらの参謀は、海軍大学の出身者ではないがきわめて優秀な人材だった。

2

六月七日月曜日の軍令部作戦会議が始まった。通常の戦況報告では誰からも質問はなかった。

一五分ほどで戦況報告が終り、梶原は第二次遣独艦のイ四〇九について報告を始めた。

「四日に第二次遣独艦のイ四〇九が、無事に呉へ帰投しました。持ち帰った軍事資料は前回と同様に、航空機関連は空技廠が、電波兵器関連は技術研究所が、潜水艦関連は呉工廠で分析を行います。

それからドイツにとどまっていた野村直邦中将、松井登兵大佐、巌谷英一技術中佐、中谷満夫技師など一六名がイ四〇九に便乗して帰国しました」

野村中将は、ドイツ兵器の著しい進歩の要因を重点主義、取捨選択、指導者、民業主体と分析し報告してきた。この分析は日本にとっても大いに役立った。

富岡大佐が聞いた。

「これはと思える軍事技術はあるか」

「日本からは生ゴム、錫、タングステン、ニッケルの鉱物資源以外にも、桜花二二型、ネ一二発動機、水中高速潜水艦の設計図、三式通常弾などをドイツへ提供しました。

ドイツからはダイムラー・ベンツ社の魚雷艇用二〇〇〇馬力軽量大出力機関、対戦車砲特殊弾、マウザー社の二〇ミリ航空機用機関砲など、数多くの資料を受け取っています。

なかでも注目すべきは、ユンカース航空機が開発を手がけたジェットエンジン、英空軍爆撃機を撃墜して手に入れたパノラマレーダーかと思います」

イ四〇九で帰国した人物には、電気兵器の松井大佐、航空機体の巌谷中佐、電探関係技術者の中谷技師、水中聴音関係技術者の卯西外次《うにしそとじ》技師と丹野瞬三技手が含まれている。

梶原はイ四〇九の帰投日を知らされると、海軍技術研究所の水間正一郎技師とともに呉へ向かい、ドイツの軍事技術について聞き取りを行った。

「パノラマレーダーとかなにか」

梶原はできるだけわかりやすいように説明した。

「英空軍のリベレーター爆撃機、これは米軍のB24爆撃機ですが、二月三日に大編隊でオランダのロッテルダム周辺にあるドイツ軍基地を爆撃しました。このとき、ドイツ軍は十数機のリベレーターを撃墜しました。

撃墜した機体を調べたところ、リベレーターはパノラマ方式のレーダーを搭載していたことが判明しました。パノラマレーダーには、上空から地形や艦船など全方位を探知できる性能があるようです」

ドイツはパノラマレーダーをロッテルダム・レーダーと呼んでいる。

「そのレーダーを使えば、夜間でも浮上中の潜水艦を見つけられるのか」

「ドイツからは、この三月頃からUボートの被害が急に増え出したとの情報が伝わっています。被害が増え出した原因について、ドイツ海軍はパノラマレーダーを搭載した航空機の攻撃によるものと判断しているようです。

我が国の潜水艦も、この二月に夜間浮上中のイ三、イ四、イ一が立て続けに撃沈されました。推測ですが、米軍機はパノラマレーダーを使って潜水艦を発見し、攻撃したものと思います。

注目すべきは、潜水艦が装備している電波探知機です。現在の電波探知機は、パノラマレーダーのレーダー電波を探知できません」

米英軍の航空機搭載対艦見張りレーダーは、波長六〇センチ、八木アンテナを使ったものとわかっていた。日本海軍はこれに合わせて電波探知機を開発し、艦艇に装備してきた。

ところが、パノラマレーダーは波長九センチで、回転アンテナを機体に搭載するまったく新しい方式である。これまでの電波探知機では、パノラマレーダーの電波を探知できないのだ。

第三段作戦は、航空戦力と潜水艦戦力を主戦力として戦う。パノラマレーダーに対する対策を講じなければ潜水艦戦力が封じ込められ、第三段作戦が破綻しかねない。パノラマレーダーは日本軍にとってゆゆしき問題となる。

梶原は残念そうに言う。

「パノラマレーダーのマグネトロンは、波長九センチ、出力五キロワットの性能です。ただ、このマグネトロンは昭和一四年に我が国で開発された極超短波発震管と、方式や構造のすべてがそっくりだと判明しています。

想像するに、なんらかの理由で我が国の極超短波発震管が英国の手に渡り、模倣されたのだと思います」

昭和一四年当時の艦政本部長は、マイクロ波技術は即戦力に結びつかないとの理由で開発の中止を命じた。この中止命令で、開発部門は実用化一歩手前でマイクロ波電探の開発を中止した。

そこをイギリスのスパイに狙われ、極超短波発震管が奪われたと考えると、すべての辻褄《つじつま》が合うのだ。

艦政本部長の開発中止命令は、マイクロ波レーダー開発で日本が米英に大きく遅れる最大の原因となった。

福留少将が言う。

「我が国にパノラマレーダーを製造する技術があるのなら、急いで航空機に搭載できる新型電波探信儀を製造するよう手配すればよい」

梶原が答えた。

「早急に手続きを取ります。それにしても、昭和一四年に艦政本部長が下した命令は残念でなりません」

富岡大佐が不思議そうに聞いた。

「パノラマレーダーについてはわかった。しかし、ジェットエンジンについては我が国にもネ二〇があるではないか。なにが画期的なのだ」

「空技廠のネ二〇は、発動機としての性能は計画値を達成しています。ところが最大出力連続運転試験で、運転時間が一〇時間を超えるとタービン翼が破損してしまいます。

これは、ネ一二でも同じ現象が起きています。

解決策はまだ見つかっていません。

ユンカース航空機のジェットエンジンは、連続八〇時間の最大出力試験でもタービン翼の破損がないようです。ネ二〇やネ一二の問題は、ユンカース航空機のジェットエンジンを調べれば解決できるかもしれません」

福留少将が議論が一段落したところで議題を変えた。

「技術問題は今後の分析に期待すればよい。ところで、軍令部は大海指二〇九号で連合艦隊に対して準拠すべき作戦方針を指示した。その後、連合艦隊から何か言ってきたか」

梶原も気になるところであった。

「現時点で、連合艦隊からは何も連絡がありません。連合艦隊は作戦計画立案に手間取っているのかもしれません」

第三段作戦は千島方面、本州東方洋上、南鳥島方面、ウェーク島方面、そして肝心のギルバート、ナウル、オーシャン方面、さらにソロモン方面と多岐にわたる。

連合艦隊はハワイ作戦のように焦点を一点に絞ると、錐《きり》で穴をあけるように力を発揮する。しかし、第三段作戦は焦点を中部太平洋に絞っても、太平洋海域全体にふんわり網をかぶせるように捉えどころのない要素がたくさんある。

国家戦略研究所は研究員の四割が政府各省庁の役人、三割が陸海軍の将校、三割が国内有力企業の社員で構成されている。

役人や社員は捉えどころがなくても、推測や想像力で計画を作り上げる。

一方、軍人は厳密な計画に基づき作戦を実行する。そうしなければ、作戦を遂行する各部隊は何をどうすべきかわからず、右往左往し、連携も取れずに失敗する可能性が高くなる。そのため焦点を一点に絞って作戦計画を立案するのだ。

梶原が強調した。

「連合艦隊にとって、不確定要素を織り込んだ作戦計画の立案は難しいのでしょう」

とは言っても、敵は待ってくれない。早急に手を打たなければならない事項である。

この日の作戦会議は、打開策が見つからないまま終了した。

梶原は軍令部甲一部員として作戦・編成を担当している。これまで第三段作戦をにらんだ艦隊編成を研究してきた。

例年なら海軍戦時編制は八月に上奏し、裁可が得られたら九月から実施する。梶原は状況を鑑《かんが》み、海軍戦時編制を二か月以上も早く富岡課長へ提出した。

六月一五日、「昭和一八年度帝国海軍戦時編制」の裁可が得られ、同時に大規模な人事異動が発令された。

梶原は戦時編制と異動通知を丁寧に見た。まず目に入ったのは、中沢佑《たすく》少将の軍令部第一部長補任であった。

「連合艦隊司令部は参謀長青木泰二郎少将、先任参謀島本久五郎大佐、作戦参謀鹿岡円平大佐、政務参謀佐薙毅大佐、航空参謀柴田武雄中佐に代わった。参謀は一期若返った感じがする。これなら第三段作戦を思い切って戦えるだろう」

参謀長の青木少将は海兵四一期出身で、開戦時は空母赤城の艦長を務めていた。先任参謀の島本大佐は潜水艦が専門で、アメリカ通でも知られている。

昭和一四年八月、山本五十六中将が連合艦隊司令長官に内定したとき、人事局はアメリカ通で優秀な島本大佐を先任参謀に推薦した。山本中将はこれを断り、アイデアマンの黒島大佐を先任参謀に据えた経緯がある。

作戦参謀鹿岡大佐は梶原と海軍大学の同期生で、エール大学に留学し、やはりアメリカ通で知られている。柴田中佐は航空参謀としてこれ以上の適任者はいないであろう。

「情報参謀が誕生したのか」

連合艦隊は初めて情報参謀を設け、初代情報参謀に中島親孝中佐が就任した。

中島中佐は第二艦隊通信参謀のときから情報参謀の必要性を訴え続けてきた。今回の異動で、晴れて連合艦隊情報参謀に就任した。

「やっと志村正少佐が連合艦隊参謀になったか」

志村少佐は開戦前から国家戦略研究所の代表として政府各省庁、参謀本部、軍令部と国家戦略を練ってきた。開戦時は国家戦略研究所教官を務め、陸軍参謀本部、海軍軍令部とともに第一段作戦、第二段作戦立案中心人物の一人である。


第三段作戦についても陸軍と十分協議を重ねており、この点では梶原以上に詳しい。

そして、梶原と一緒に第三部でアメリカの情報を担当している実松譲中佐は、連合艦隊司令部参謀を兼務することになった。この人事は梶原も予想していたものだった。

第一艦隊は司令長官志摩清英中将、参謀長矢野志加三《しかぞう》少将、砲術参謀浮田信家中佐で、戦力は次の通りである。

第一戦隊（大和、武蔵、長門、陸奥）
第二戦隊（伊勢、日向、山城、扶桑）
第三戦隊（金剛、榛名、霧島、比叡）
第一水雷戦隊（能代、第一〇駆逐隊、第一一駆逐隊、第二四駆逐隊、第二七駆逐隊）
第三水雷戦隊（矢矧、第四駆逐隊、第一二駆逐隊、第一九駆逐隊、第二〇駆逐隊）

第二艦隊は司令長官西村祥治中将、参謀長田中頼三少将、先任参謀早川幹夫大佐で、戦力は次の通りである。

第四戦隊（高雄、愛宕、鳥海、摩耶）
第七戦隊（最上、三隈、鈴谷、熊野）
第八戦隊（利根、筑摩）
第二水雷戦隊（酒匂《さかわ》、第一七駆逐隊、第一八駆逐隊、第三一駆逐隊、第三二駆逐隊）
第四水雷戦隊（阿賀野、第八駆逐隊、第九駆逐隊、第一四駆逐隊、第二一駆逐隊）

第三艦隊は司令長官山口多聞中将、参謀長矢野英雄少将、航空参謀淵田美津男中佐で、戦力は次の通りである。

第一航空戦隊（筑波、阿蘇、葛城、鞍馬）
第一〇戦隊（五十鈴、第六〇駆逐隊、第六一駆逐隊、第六二駆逐隊、第六三駆逐隊）
第二航空戦隊（雲龍、生駒、蒼龍、飛龍）
第一一戦隊（阿武隈、第六四駆逐隊、第六五駆逐隊、第六六駆逐隊、第六七駆逐隊）
第三航空戦隊（翔鶴、瑞鶴、白龍、鴻龍）
第一二戦隊（神通、第六八駆逐隊、第六九駆逐隊、第七〇駆逐隊、第七一駆逐隊）
第四航空戦隊（天城、笠置、黒龍、鶴龍）
第一三戦隊（川内、第七二駆逐隊、第七三駆逐隊、第七四駆逐隊、第七五駆逐隊）

⑤計画の空母一番艦筑波は二月二七日に、二番艦鞍馬は四月三〇日に竣工し、第一航空戦隊に配属となった。空母赤城、加賀は改良工事が施され、第八艦隊へ編成替えになっている。

「第二航空戦隊司令官城島高次少将、第三航空戦隊司令官有馬正文少将、第四航空戦隊司令官大林末雄少将、これらも異存のない人事だ」

第四艦隊は司令長官小沢治三郎中将、参謀長草鹿龍之介少将、先任参謀西田正雄大佐で、戦力は次のように大幅に強化された。

第九戦隊（北上、大井）
第一八戦隊（天龍、龍田）
第六水雷戦隊（夕張、第二二駆逐隊、第二三駆逐隊、第二九駆逐隊、第三〇駆逐隊）
第四潜水戦隊（名古屋丸、イ二、イ五、イ六、第一剣龍隊、第二剣龍隊、第三剣龍隊、第四剣龍隊）
第四輸送戦隊（第一機動輸送団、第二機動輸送団、第六機動輸送団）
第五輸送戦隊（第七機動輸送団、第八機動輸送団、第九機動輸送団）
第四蛟龍戦隊（第一蛟龍隊、第二蛟龍隊、第三蛟龍隊、第四蛟龍隊）
第五蛟龍戦隊（第五蛟龍隊、第六蛟龍隊、第七蛟龍隊、第八蛟龍隊）
第六蛟龍戦隊（第一一蛟龍隊、第一二蛟龍隊、第一三蛟龍隊、第一四蛟龍隊）

第四艦隊所属の第六根拠地隊には、魚雷艇三〇艇で編成する第四魚雷艇戦隊、第五魚雷艇戦隊、第六魚雷艇戦隊が配属となった。

「第六艦隊司令長官は野村直邦中将か。これは期待できるな」

野村中将はイ四〇九でドイツから帰国したばかりだ。ドイツでは、デーニッツ大将へ潜水艦による通商破壊戦を伝授した人物として知られている。

第八艦隊は司令長官角田覚治中将、参謀長長谷川喜一少将、先任参謀早川幹夫大佐、航空参謀奥宮正武少佐で、戦力は次の通りである。

第五航空戦隊（赤城、加賀、飛鷹、隼鷹）

第一四戦隊（那珂、第八〇駆逐隊、第八一駆逐隊、第八二駆逐隊、第八三駆逐隊）

第一二航空戦隊（翔鳳、瑞鳳）

第六戦隊（青葉、加古、古鷹、衣笠）

第七水雷戦隊（島風、第一五駆逐隊、第一六駆逐隊、第二五駆逐隊、第二六駆逐隊）

第八輸送戦隊（第三機動輸送団、第四機動輸送団、第五機動輸送団）

第一四戦隊の駆逐艦は、松型に対潜奮進弾を装備した改良型で樅型と呼んでいる。

第一二航空戦隊司令官は岡田次作少将である。

第一一航空艦隊は、原忠一中将を司令長官に島嶼防衛の最前線に立つ。ポートモレスビー、ガダルカナル方面は福留繁中将を司令長官に第一二航空艦隊を編成した。

「艦隊編成は、ほぼ原案通りの編成となった。司令官や参謀の人事も納得できる」

八月に入って調整人事が発令された。

第一課長富岡大佐が軍令部を去り、第一一航空艦隊先任参謀となった。後任の第一課長は、航空本部第一課長兼第二課長の山本親雄大佐である。

もう一人、六月に海軍大学を卒業した藤森康男少佐が軍令部配属となり、樋端中佐とともに潜水艦担当に任命された。

同じ日、梶原は大佐に昇進し、連合艦隊参謀兼務のまま企画班長を拝命した。

八月初め、大海指第二〇九号の方針に基づく連合艦隊の第三段作戦となる一連のZ作戦要綱、作戦命令、作戦要領、部隊編成が出来上がった。

一二日と一三日の両日、連合艦隊司令部においてZ作戦の説明および図上演習を行った。

八月一五日、連合艦隊司令部は連合艦隊機密作一三号をもって、第三段作戦となるZ作戦を参謀長から麾下《きか》の各艦隊参謀長へ下令した。

3

チャールズ・F・バーバー大尉は本職が弁護士の予備士官である。ワシントンの統合参謀本部で海軍の仕事をしているとき、カール・ムーア大佐に誘われスプルーアンス中将の副官になった。

スプルーアンス中将は健康維持のためと称し、幕僚を誘って頻繁に蹄鉄《ていてつ》投げに興じたり、時折ハイキングに出かける。バーバーはそんな司令官のそばに張りついて仕える。

八月一五日の日曜日、スプルーアンス中将は幕僚を誘って、真珠湾を見下ろす山へハイキングに出かけた。

スポーツマンのバーバーにしてみれば、ハイキングは軽い運動でしかない。ムーア大佐は長年ワシントンの海軍作戦部で働いており、運動不足もあるのか息切れをしている。

バーバーはへたばって座り込んでいるムーア大佐を尻目に真珠湾を眺めた。

「こうして見ると、真珠湾は平和そのものだ。まるで日本軍の攻撃などなかったかのように見える」

日本軍の攻撃で撃沈された艦船の残骸はきれいに片づけられ、太平洋艦隊司令部の建物も再建されて人々が活発に働いている。海軍工廠や補給廠も、以前のように支障なくサポート業務を行っている。

時折、フォード島の飛行場からヘルキャット戦闘機、アベンジャー雷撃機などが飛び立ち、編隊を組むと空の彼方へと消えて行く。

「あのヘルキャットも、八月下旬にはマーカス島（南鳥島）攻撃のため真珠湾を出撃するのだな」

スプルーアンス中将は空母機動部隊指揮官のチャールズ・A・パウノール少将に対し、ガルバニック作戦開始までに十分な実戦訓練を行うよう指令を出した。

これに対してパウノール少将はマーカス島攻撃計画を立て、太平洋艦隊の承認を得ている。

バーバーは時計を見た。

「もうこんな時間か。ニュージーランドからスミス少将が到着しているはずだが」

現時点において、第二海兵師団はハルゼー中将の南太平洋艦隊の指揮下にあり、将兵はニュージーランドに駐留し、訓練に励んでいる。

師団長ジュリアン・C・スミス少将はガルバニック作戦計画立案のため、副師団長ハームル准将、参謀長エドソン大佐とともに真珠湾に呼ばれた。一行を乗せた輸送機がホノルルに到着した頃である。

スプルーアンス中将一行は夕刻になって太平洋艦隊司令部に戻った。スミス少将一行は数日間も輸送機に揺られてきたにもかかわらず、元気な姿を見せた。

二三日の午前、パウノール少将に率いられて空母エセックス、ヨークタウン、インディペンデンス、戦艦インディアナを中心とする機動部隊が、誰の見送りも受けず、静かに真珠湾を出港した。

バーバーは機動部隊の出撃風景を見て驚いた。

「見送る人が誰もいないとは。まるで通常の訓練航行と同じ出港風景だ」

バーバーはとなりの作戦参謀フォレステル大佐に話しかけた。

「作戦参謀、機動部隊が日本軍の反撃を受ける心配はないのですか」

「日本軍の反撃？　それは心配ない。奇襲攻撃は必ず成功する。ヘルキャットは日本軍機が飛び立つ前に飛行場を制圧するに決まっている。

たとえ日本軍が反撃したとしても、ヘルキャットは容易に日本軍機を撃退できる。だからまったく心配ない」

バーバーは日本軍を舐《な》め切っていると思ったが、口には出さなかった。

マーカス島攻撃はヘルキャット戦闘機の初陣となる。ワイルドキャット戦闘機はゼロに苦戦したが、ヘルキャット戦闘機はゼロを圧倒する性能を有している。

フォレステル大佐に限らず、太平洋艦隊司令部、第五艦隊幕僚の誰もがマーカス島攻撃が成功するのは当然と思っているようだ。


一九四三年八月三〇日（日本時間八月三一日）の夕刻になった。

「ようやく訓練の成果を試すときがやって来た。明日は日本軍に対する反撃の狼煙《のろし》として、マーカス島を攻撃する。

いいか。ヘルキャットは素晴らしいエンジンを積み、十分に速く、よく装甲され、操縦性にも優れている。

マーカス島ではゼロが待ち構えているだろう。だが、ヘルキャットはゼロに対し、すべての面で圧倒的に優れた性能の戦闘機だ。ヘルキャットならゼロを駆逐し、日本軍に痛打を浴びせられる」

第五空母航空群司令ジェイムス・H・フラットリー中佐は、第五航空群のパイロットを前に明日の攻撃計画を説明した。

第五戦闘飛行隊第二小隊長リチャード・R・デバイン大尉は、耳をそば立ててフラットリー中佐の言葉を聞く。

半年前まで第五戦闘飛行隊はグラマンF4Fワイルドキャットを装備し、空母サラトガに搭乗して日本軍と戦ってきた。

今年の三月、第五戦闘飛行隊はノーフォーク海軍基地で最新鋭のグラマンF6Fヘルキャットに機種変更した。

ヘルキャットを最初に装備する栄誉こそ、空母エセックスの第九戦闘飛行隊に譲ったが、第五戦闘飛行隊はジェンセン少尉、ブライト少尉、スタークス中尉、ウェソロフスキー中尉などのエースを輩出した栄誉ある戦闘飛行隊である。

ヘルキャットへの機種変更後も、第五戦闘飛行隊は二機編隊のペア、二つのペアで小隊となり、相互に支援し合うサッチ・ウェーブ戦法に磨きをかけてきた。

五月六日に二代目ヨークタウンに着艦してからも厳しい訓練に明け暮れた。今では全パイロットがサッチ・ウェーブ戦法を身につけている。

第五戦闘飛行隊は万全の態勢を整えたうえで太平洋へ進出してきたのだ。

パウノール海軍少将が指揮する大型空母エセックス、ヨークタウン、小型空母インディペンデンス、戦艦インディアナ、巡洋艦モービー、ナッシュビル、駆逐艦一〇隻の機動部隊は八月二三日に真珠湾を出撃し、マーカス島へ針路を取った。

エセックスとヨークタウンはヘルキャット戦闘機三六機、ドーントレス急降下爆撃機三六機、アベンジャー雷撃機一八機、合わせて九〇機を搭載している。

インディペンデンスはヘルキャット戦闘機二四機、ドーントレス急降下爆撃機一二機、アベンジャー雷撃機九機、合わせて四五機を搭載して出撃した。

そして、いよいよ明日がヘルキャット戦闘機の初陣となるマーカス島攻撃なのだ。

フラットリー中佐は作戦内容の説明に入った。

「第一次攻撃隊は、ヨークタウンを飛び立つヘルキャット一六機、ドーントレス一二機、アベンジャー九機の三七機である。第二次攻撃隊はエセックスから、第三次攻撃隊はインディペンデンスから出撃する。

我が機動部隊は終日にわたり徹底的にマーカス島を攻撃し、無力化するのだ。

第一次攻撃隊は明日の夜明けとともにヨークタウンを出撃する。マーカス島には一〇機前後の双発爆撃機、二〇機前後の小型機が展開している模様である。小型機はゼロの可能性が高い。

繰り返すが、ヘルキャットの性能はゼロなど問題にしない。いつもの訓練通りにやれば、ヘルキャットは完全にゼロを打ち負かせられる。ヘルキャットの力を存分に見せつけてやるのだ」

「おー！」

フラットリー中佐の力強い言葉に、パイロットたちから歓声があがった。フラットリー中佐は場を制し、最後に述べた。

「これで説明は終わりだ。今日は明日の過酷な戦闘に備え、ゆっくり身体を休ませるように」

八月三一日（日本時間九月一日）の夜明けを迎えた。デバイン大尉はぐっすり眠り、気分は爽快である。まずは食堂に行って腹ごしらえだ。

デバイン大尉率いる第二小隊は、ロバート・W・ダンカン中尉、アルフレッド・R・ウッド少尉、エドワード・W・オルゼスキー少尉の四機である。第一ペアはデバイン大尉とウッド少尉、第二ペアはダンカン中尉とオルゼスキー少尉だ。

小隊の四名が連れだって食堂に行くと、ひと足先に空母航空群司令のフラットリー中佐が食事をとっていた。

デバイン大尉が挨拶する。

「フラットリー司令、おはようございます」

「おお、大尉。みんなも一緒か。気分はどうだ」

「爽快です。いよいよ反撃開始かと思うと、気分は自然と高まります」

「無理をせず、精一杯頑張ってほしい。私は先に失礼する」

デバイン大尉は皆と談笑しながらコーヒーを飲み終えると、パイロットルームに入った。パイロットの誰もがそわそわしている。

天候状態、不時着時の連絡手段など、出撃前のブリーフィングが終わった。

飛行甲板に上がる。すでにプロペラがまわり、暖機運転を行っている。遠くにエセックスの姿が見える。さらに遠く、水平線近くにはインディペンデンスの姿も見える。

ヘルキャットの一番機がカタパルトから放り出されるように飛び立った。次々と第一小隊のヘルキャットが飛び立ち、高度を上げて行く。

デバイン大尉の番となった。甲板士官の誘導にしたがい、カタパルトの上で機体を止める。

甲板士官が右手の人差し指をまわし、エンジンの回転数を上げろと指示する。

急激にエンジン音が高まると、甲板士官が指を前方へ突きだした。機体が加速する。飛行甲板を離れ、大きな左回転で高度を上げる。

高度五〇〇〇、一六機のヘルキャットは機体間隔を広めに取り、一路北西方向のマーカス島へ針路を向ける。

右手後方にはドーントレス、アベンジャーの編隊が見える。

やがて前方に小さなマーカス島が見えてきた。上空にゼロの姿はない。L字型をした滑走路の近くに双発爆撃機が六機、ゼロや艦爆など十数機が駐機している様子が見える。上空には一機も日本軍機は見えない。

「奇襲成功、ただちに攻撃開始！」

無線電話からフラットリー中佐の声が聞こえた。ドーントレスは地上の格納庫に向かって急降下し、アベンジャーは滑走路脇に駐機している航空機群へ向かう。

「完璧な奇襲だ」

地上を見ると、日本兵は体操をしている者、口を開けて上空を見上げている者がいる。

地上で大きな爆発が連続して起きた。双発爆撃機、小型航空機が爆風で吹き飛び、燃えながら空中に舞い上がった。

「やっと目覚めたか」

日本兵が対空陣地へ向かって走る。ヘルキャットは容赦なく、これに銃撃を加える。

ようやく対空陣地から迫力のない砲火が上がり始めた。

「奇襲攻撃成功、全機引き上げよ」

フラットリー中佐の声が聞こえた。

第一次攻撃隊は一機の損害も出さず帰路につい た。途中、エセックスを飛び立った第二次攻撃隊とすれ違った。


横須賀の連合艦隊司令部にはハワイ、マリアナ諸島を含む大きな模型を備えた作戦室がある。この作戦室で図上演習などが行われる。

日本時間九月一日午前九時、作戦室に梶原大佐、実松中佐を含む連合艦隊の全参謀が集合した。

情報参謀中島中佐が状況を説明する。

「本日午前三時半頃、南鳥島に艦攻一〇機、艦爆一〇機、艦戦一五機からなる米軍機が攻撃をかけて来ました。さらに午前五時頃に第二波が、午前八時頃に第三波が襲来しました。米軍機による攻撃は現時点も続いています」

南鳥島は横須賀鎮守府麾下、父島特別根拠地隊の警備担任下にある。松原雅太海軍少将の指揮する七六五名の警備隊、六五〇名の陸軍南海第二守備隊が警備にあたっている。

横須賀鎮守府長官は横須賀航空隊から一式陸攻六機、彗星艦爆九機、紫電改九機で南鳥島派遣隊を編成し、配備にあたらせていた。

「Z作戦の部隊編成に不備があったというのか」

Z作戦部隊編成は機動部隊、北方部隊、内南洋部隊、南東方面部隊、南西方面部隊、潜水艦部隊に分けられる。

北方部隊は第五艦隊に、二〇〇隻もの哨戒特務艇で編成される特設監視艇隊も加え、北はアリューシャン列島から南は小笠原諸島南方海上まで、日本本土の東方海洋の哨戒にあたる。

機動部隊は敵機動部隊との決戦を念頭に編成された部隊だ。戦力は第三艦隊に第一戦隊、第三戦隊、第一水雷戦隊を加え、強力な打撃力を持つ。指揮官は第三艦隊司令長官山口多聞中将だ。

内南洋部隊は島嶼防衛の中心部隊となる。戦力は第四艦隊に第二戦隊、第二水雷戦隊、それに第一一航空艦隊も指揮下に置く強力な部隊だ。指揮官は第四艦隊司令長官小沢治三郎中将である。

第一一航空艦隊は司令長官原忠一中将、参謀長山田道行少将、先任参謀富岡定俊大佐で、第二二航空戦隊、第二四航空戦隊、第二六航空戦隊の編成である。

各航空戦隊は紫電改戦闘機九六機、月光夜間戦闘機七二機、連山大攻三六機、零式観測機三六機、二式飛行大艇一六機を有する。

各航空戦隊はラバウル、ソロモン諸島で実戦を積んだ歴戦の航空隊で再編成された基地航空隊最強の部隊だ。航空戦隊は第一陣地、第二陣地、第三陣地を三週間から四週間の頻度でローテーションを行う。

　南東方面部隊は第八艦隊、第一二航空艦隊を中心とする部隊で、ソロモン諸島、珊瑚海方面を押さえる任務を担う。

　第八艦隊の第五航空戦隊、第一二航空戦隊は空母機動部隊として単独で作戦に従事する能力があり、珊瑚海のみならず遊撃部隊としても期待できる。指揮官は第八艦隊司令長官角田覚治中将である。

　第一二航空艦隊は第一一航空艦隊から分離する形で、司令長官福留繁中将、参謀長加来止男《とめお》少将の下で新しく編成された。

　戦力は第二三航空戦隊、第二五航空戦隊で、紫電改二五六機、一式陸攻九八機、銀河三六機、飛行艇五〇機の戦力を有する。

　南西方面部隊は第七艦隊を中心とする部隊で、インド洋を押さえる任務を担う。

　潜水艦部隊は第三段作戦で米軍の後方支援を遮断する任務に従事する。

　特型潜水艦の第一一潜水戦隊はパナマ運河、サンディエゴ、シアトルを桜花で攻撃し、その後は長大な航続力を活用してニュージーランドとマゼラン海峡を結ぶ交通線を遮断する。

「この戦力配置なら、米太平洋艦隊を太平洋に閉じ込め、関門捉賊戦法で大打撃を与えられるはずだ。誘導魚雷回天があればとは思うが、第一、第二、第三、第六潜水戦隊で交通路破壊戦を行うだけでも第四段作戦に向け、大きな効果があるはずだ」

　梶原は何度も部隊編成を見直した。

「南鳥島攻撃は現地軍が油断していた結果だ。Z作戦の部隊編成は妥当である」

　その日は状況がわからず様子を見ることになっ

た。翌日になると、南鳥島の詳しい状況がわかってきた。

中島中佐が説明する。

「横須賀航空隊の南鳥島派遣隊は、米軍機来襲前日の八月三一日に南鳥島の東方海上から北東海上を哨戒飛行しましたが、異常は認められなかったと報告しています。

米軍機が来襲した昨日、南鳥島に設置した電探は距離八〇キロで米軍機を捕捉したようです。それでも所在機は離陸する間もなく第一波の空襲により全機炎上焼失。

続く第二波、第三波の攻撃により兵舎一〇棟焼失、L字型滑走路も使用不能、航空燃料ドラム缶四〇〇〇個を残して全部焼失したようです。

さらに警備隊員一一名、航空隊員一名、陸軍守備隊一一名、横須賀工廠員三名、施設隊員一一名など合わせて三七名の戦死者を出しています」

青木参謀長が深刻な表情で聞いた。

「梶原大佐、この状況をどう考えるか」

梶原は冷静に答えた。

「いよいよ米軍の反攻が始まったと考えるべきです。今回の南鳥島攻撃は、上陸を伴う本格的反攻に先立つ小手調《こて》べだと思います。

被害が大きかったのは、南鳥島全体が戦時体制下にあるとの認識が甘かったからだと思います。

電探が八〇キロ先で米軍機を捕捉したにもかかわらず、銃弾が火薬庫に保管されていたのでは迎撃に間に合うはずがありません。将兵の誰もが油断していたとしか考えられません。

青木参謀長、この太平洋の模型を見て下さい。南鳥島を襲った機動部隊は、真珠湾へ戻る前にウェーク島を攻撃すると思います」

梶原は指し棒で南鳥島から真珠湾への航路を示した。ここで中島中佐がさらなる報告をする。

「警備隊は対空砲火で米軍機一二機を撃墜したと報告しています。監視艇昭栄丸は撃墜された米軍機の搭乗員三名を救助し、情報を聞きだしました。

それによると、米機動部隊は八月二三日に真珠湾を出撃したパウノール海軍少将が指揮する航空母艦エセックス、ヨークタウン、インディペンデンスと判明しました」

これを聞くと、実松中佐が言った。

「南鳥島に来襲した空母は三隻か。現時点で、アメリカ海軍は五隻以上の大型空母、四隻以上の小型空母を作戦に投入できる。

アメリカ海軍は、ほかに二個または三個の空母機動部隊を編成できる戦力がある」

実松中佐の言葉に鹿岡大佐が反応した。

「さらなる米機動部隊か。そうなると、米機動部隊の行動に注意を払わなければ。ほかの米機動部隊が、ラバウルかガダルカナル方面で攻撃を仕掛けてくる可能性がある」

一瞬で緊張が走った。先任参謀島本大佐が問いかける。

「米機動部隊の攻撃目標を一点に絞れるか」

「一点に絞るなら、攻撃目標はおそらくラバウルかと」

「ラバウルが敵の攻撃を受ける可能性があると言うのだな」

青木参謀長は連合艦隊のとるべき対策を示した。

「第一の対策である。クェゼリンから早急に陸攻と戦闘機隊をウェーク島へ送り、防御態勢を固める。第二の対策として南東方面部隊に珊瑚海への出撃を命ずる」

梶原は異議を唱えた。

「参謀長、南東方面部隊の空母機動部隊は珊瑚海へ出撃するだけでなく、ニューカレドニアを攻撃させるべきです。我が軍は、その方が先手を取れると思います」

「よかろう。南東方面部隊宛、ただちにニューカレドニア攻撃命令を伝えよ」

青木参謀長は決断が早かった。

4

八月下旬、スプルーアンス中将は自分の幕僚と麾下部隊の司令官を、太平洋艦隊司令部の兵棋室に招集した。ようやくタラワ島とナウル島占領の大まかな構想がまとまったのだ。

上陸作戦指揮官リッチモンド・K・ターナー少将、上陸部隊指揮官ホーランド・M・スミス少将、第二海兵師団長ジュリアン・C・スミス少将、上陸部隊支援指揮官ハリー・W・ヒル少将、陸軍第二七師団長ラルフ・C・スミス少将など、ガルバニック作戦の高級指揮官が顔を揃えた。

これからスプルーアンス中将は自分の基本的な考えを説明する。その後は幕僚と高級指揮官がガルバニック作戦の細部計画と作戦命令を作成し、最終的な作戦計画書を完成させる手順である。

Dデイまであまり時間がない。幕僚と高級指揮官はいくつもの作業を同時並行で進めなければ、作戦計画書はDデイに間に合わない。

スプルーアンス中将が力説する。

「最も憂慮すべきは、アメリカ軍に上陸作戦の経験がないことである。それと、日本艦隊と基地航空隊の存在である。

輸送船団は敵艦隊の攻撃に対して無力である。輸送船団を敵艦隊の前にさらさぬためには、可能な限り迅速に荷物を降ろし、危険地域から脱出しなければならないのは明白である。

厄介なのは航空基地を出撃し、攻撃を加えてくる敵機である。アメリカ軍の輸送船が上陸地の海岸に錨を下ろし、上陸部隊や貨物を陸揚げしようとしているときに、日本艦隊や基地航空隊の攻撃を受ければ壊滅状態に陥らぬとも限らない」

すべて当たり前だ。スプルーアンス中将はいったい何を言わんとしているのか。兵棋室はしんと静まり返った。

「このような状況に陥らぬための方策である。第一は奇襲に成功しなければならない。そして、上陸部隊は迅速に攻略を完了しなければならない。

日本軍は太平洋の数百にも及ぶ環礁を占領し、支配している。上陸が開始されたら、日本軍が艦隊と基地航空部隊を総動員して反撃を試みてくるのは明らかである。

これを阻止するため、空母機動部隊は上陸直前に日本軍の航空基地を急襲し、無力化する必要がある」

スプルーアンス中将の話は、幕僚や主要部隊指揮官にとって当然の内容である。

ここで、作戦参謀フォレステル大佐が場の雰囲気を感じ取ったのか、補足するように話した。

「敵の基地航空隊に対しては、目標に向かって全力で突っ込み、攻撃を加えたらすぐに引き上げるのが肝要と考える。マーカス島攻撃は、この戦法の有効性を実戦で確認するための実戦演習である」

一瞬、兵棋室に場違いな雰囲気が漂った。

スプルーアンス中将は途中の出来事などなかったかのように続ける。

「作戦遂行の計画は、作戦実施を行う人々によって作られるべきである。攻撃する目標に対し、第一線で戦う者の意見が十分反映されるべきであって、十分に意見を述べさせ、納得するまで討議を行うべきである。

最良の案は全員の間で意見交換を十分に行い、

全員が納得した後で得られるものである。自由に意見を交換することが作戦計画の立案を迅速に、かつ円滑にするために重要なことだと思う」

スプルーアンス中将は、作戦計画は兵法の常道を尊重する内容でまとめよと指示しているように聞こえた。

スプルーアンス中将が、さらにつけ加えた。

「空母機動部隊は、輸送船団が荷物の陸揚げを終えるまで作戦地域にとどまり続けなければならない。Dデイ当日、日本艦隊は作戦地域から数千マイルも離れたところにいる。日本軍がアメリカ軍の行動を知って作戦地域に駆けつけるとしても数日はかかる。

数日の時間があれば、輸送船団は荷物の陸揚げを終え、空母機動部隊は反撃に出て来る日本艦隊を撃破する態勢を整えられる。

したがって、日本軍が事前にガルバニック作戦を知り得たなら、作戦はその時点で失敗したと判断せざるを得ない。作戦は計画の秘密が完全に守られて、初めて成功するのだ」

スプルーアンス中将の言葉は、幕僚や指揮官の気持ちを引き締める効果があった。

この後、討議が二日間にわたって行われ、スプルーアンス中将はすべての質問に明確に答えた。作戦会議が終わり、幕僚や指揮官らは作戦計画の詳細検討に入った。

そして、二日もすると上陸部隊の指揮をめぐって、ターナー少将とホーランド・スミス少将の間で主導権争いが起きた。

「副官、スプルーアンス司令官に取りついでもらいたい」

スミス少将が興奮した表情でバーバーに詰めよった。

「どのようなご用件ですか。いったい何があったと言うのですか」

「いいか。上陸作戦の初期段階は、作戦が成功するか失敗するかの分かれ道となる。この段階では、重要な決定を下さなければならない事態が多く発生する。誰が指揮官か、これをすべての者が知っていなければならないのだ」

バーバーは冷静に話を聞いた。スミス少将が言う。

「上陸作戦は、全部隊が乗船したまま海上にある状況、戦闘中は一部が上陸して一部が乗船している状況など、さまざまな状況が考えられる。

そのうえ上陸部隊は支援する艦隊を離れ、独立して戦闘することはできない。それぞれの状況において責任範囲が微妙に、しかも密接に絡み合う。これをはっきりさせなければ、部隊間の協力関係など確立できないではないか」

ターナー少将とスミス少将は、上陸部隊の指揮を誰がどの時点から執るかに関して衝突したのだ。

実際、これはデリケートな問題でもある。ターナー少将とスミス少将は無愛想で飾り気がなく、意思強固で頑固だ。互いに譲る気などまったくない。そこで、スプルーアンス司令官に決めてもらおうというのだ。

「二人の言い分はわかりました。しかし、このような問題はムーア参謀長を交え、二人の話し合いで決めるべきでしょう。スプルーアンス司令官への取りつぎはできません」

この厄介な問題は、ムーア参謀長の調整により解決が図られた。ムーア参謀長が二人に提案した。

「いかがであろう。上陸部隊が上陸し、司令部を陸上に設けたなら、以後は上陸部隊の指揮官が上陸部隊を指揮するとしては」

ターナー少将とスミス少将は、ムーア参謀長の提案に同意して問題は解決した。

ところが、さらに大きな問題が発生した。今度はターナー少将とスミス少将が揃って、バーバーにスプルーアンス司令官への取りつぎを迫ったのである。

二人の言い分はこうだ。

「ナウル島は日本軍の防備が固く、タラワ島と同時に占領するのは難しいと判断せざるを得ない。ナウル島の代わりにマキン島を占領すべきだ」

この問題はスプルーアンス司令官どころか、太平洋艦隊でも決められないほど大きな問題だ。バーバーは急いでスプルーアンス司令官へ取りついだ。

司令官室に入るなり、スミス少将が力説した。

「ナウル島はタラワ島から三八〇海里も離れている。そのうえ、強力な航空部隊と基地のあるトラック諸島にも近い。

日本艦隊が反撃して来たとき、ナウル島とタラワ環礁を同時に援護するのは無理である。できうるならば艦隊を一箇所に集結し、ターナー少将とジュリアン・スミス少将を支援したい」

もっともな理由である。スプルーアンス司令官は、スミス少将にナウル島占領の反対理由を書類にして提出するよう命じた。書類は即刻、キング提督のもとに送られた。

九月二三日、キング提督が海軍作戦部の作戦参謀クック少将を伴ってホノルルへやってきた。

太平洋艦隊司令長官ホーン大将は、艦隊司令部参謀とガルバニック作戦に関連する提督や将軍を会議室に招集した。

キング提督がスプルーアンス司令官に尋ねる。

「スミス提督の意見書は重要な問題を含んでいる。君は、ナウル島の代わりにどこを占領すべきと考えているのか」

スプルーアンス司令官は珍しく即答した。

「マキン島です」

その理由を説明して話し合いに入った。クック少将が統合参謀本部の意向を伝える。

「統合参謀本部は戦線を拡大すべきと考え、タラワ島とナウル島を攻略対象に選んだ」

スミス少将が応じる。

「タラワ島とナウル島を同時に占領する兵力を持っていない。仮に、それだけの兵力を与えられたとしても、その兵力を輸送する船舶がない」

スプルーアンス中将もスミス少将を擁護する説明をした。しばらくの間、話し合いが続き、最後にキング提督が言った。

「私は攻撃目標変更に同意する。これまで議論した内容は、即刻統合参謀本部へ送り、攻撃目標変更の認可を求める」

攻撃目標の変更は、即座に電文で統合参謀本部へ送信された。そして翌日の午前中、統合参謀本部より攻撃目標変更を認めるとの返信が届いた。

キング提督が指示するように言う。

「統合参謀本部は、ナウル島の代わりにマキン島占領を認可した。太平洋艦隊はただちに作戦計画を変更せよ」

「キング提督、ありがとうございます！」

スプルーアンス中将が真剣な眼差しで答えた。

キング提督一行は太平洋艦隊司令部の見送りを受け、ホノルルを飛び立った。その日の午後から幕僚たちはナウル島攻略を捨て、マキン島攻略の計画作成に入った。

バーバーは作戦計画の作成に加わっていない。そのぶん太平洋の状況の変化に目を配る。少しでも重要と思われる変化は、ただちにスプルーアンス中将へあげて判断を仰ぐ。

ハワイ時間二六日の日曜日、ニューカレドニアから日本空母機動部隊の攻撃を受けたとの電文が入ってきた。ところが、幕僚は誰もなんの反応も示さなかった。

バーバーはフォレスタル大佐に聞いた。

「ニューカレドニアが攻撃を受けた。これを放っておいていいのか」

すると、フォレスタル大佐が言い放った。

「南太平洋はハルゼー中将の管轄下にある。我々の管轄は中部太平洋だ。もしハルゼー中将の手にあまるなら、それは太平洋艦隊の協力を得て解決すべきだ。我々は余計な口出しをすべきではない」

バーバーは確かにその通りかもしれないと、納得せざるを得なかった。

それから数時間後、今度はオーストラリア海軍の重巡洋艦キャンベラ、アメリカ海軍の重巡艦ビンセンス、クインシー、アストリアが日本空母機動部隊の攻撃で撃沈されたとの緊急電が入ってきた。

これに対しても誰も反応しなかった。フォレスタル大佐が言う。

「撃沈された巡洋艦は第七艦隊に所属している。第七艦隊はマッカーサー将軍の指揮下にある。マッカーサー将軍は海軍の口出しを好まない。余分な口出しはマッカーサー将軍の怒りを買い、問題をこじらす結果を生むばかりだ」

またもバーバーは、そんなものかと引き下がらざるを得なかった。

スプルーアンス司令官は多くの問題に対し、次から次へと解決案を決定した。九月末には作戦に必要な資材、艦船、装備、部隊、人事などの問題がまとまり、作戦計画書の詳細が固まった。

一〇月一日、ムーア参謀長は各部門の作戦計画を一つにまとめあげ、ガルバニック作戦計画書として完成させた。作戦計画は承認され、提督と将軍はそれぞれの持ち場へ戻った。

ホーン司令長官は五日、作戦計画第一三号により ガルバニック作戦を下令した。

ガルバニック作戦では海軍将官一六名、海兵隊将官三名、陸軍将官二名がスプルーアンス中将の指揮下に入る。

積み上げられた戦力は攻撃空母六隻、軽空母五隻、護送空母七隻、戦艦一二隻、巡洋艦一五隻、駆逐艦六五隻、大型の上陸作戦用輸送船三三隻、戦車揚陸艇二九隻など艦艇二〇〇隻以上、上陸部隊三万五〇〇〇名、貨物一一万七〇〇〇トン、車輌六〇〇〇輌という巨大なものである。

さらに、兵站支援として油槽船、曳船《ひきふね》、付属船など二二隻、偵察用として潜水艦一〇隻が加わる。

アメリカの偉大な工業力は、ガルバニック作戦で必要と見積もった巨大な戦力を要求通り供給できるのだ。

第五艦隊主力が真珠湾を出港するのは一一月一〇日である。速度の遅い艦船は数日早く出港し、太平洋の彼方にいる部隊を乗せる輸送船も数日前には出港しなければならない。

バーバーは一〇月中旬までに各部隊へ作戦計画書を届けたいと考えた。海兵隊の下士官数十名を指揮し、三〇〇ページ以上にもなる作戦計画書を急いで三〇〇部印刷した。そして一部ずつ宛名を書き、軍用郵便で発送した。

第5章　連合艦隊Z作戦

1

　第八艦隊司令長官角田覚治中将はニューカレドニア攻撃命令を受けると、第五航空戦隊の赤城、加賀、第一二航空戦隊の瑞鳳、第一四戦隊の防空巡洋艦那珂、第八〇駆逐隊、第八一駆逐隊、第七水雷戦隊の第一五駆逐隊、第一六駆逐隊で第一群を編成した。

　第二群は第五航空戦隊の飛鷹、隼鷹、第一二航空戦隊の翔鳳、第一四戦隊の第八二駆逐隊、第八三駆逐隊、第七水雷戦隊の島風、第二五駆逐隊、第二六駆逐隊である。

　第一群は角田長官が自ら指揮し、第二群は第一二航空戦隊司令官岡田次作少将が指揮する。搭載する航空隊は司令楠本幾登中佐、飛行隊長進藤三郎少佐、艦攻隊長阿部平次郎大尉、艦爆隊長坂本明大尉の第六〇三航空隊である。

　日本時間九月二七日（ハワイ時間二六日）、日の出二時間あまり前の日本時間午前二時となった。空母赤城の艦内放送が告げる。

「搭乗員起こし！」

　杉田庄一三飛曹は跳ね起きると、一言も発せず黙々と寝具をたたむ。すべての動作は決まった時間内に行うよう決められている。

となりの柳谷謙治三飛曹も杉田と同時に寝具をたたみ終えた。顔を洗い、用便をすませ、飛行服に着替える。食堂に入ると、今朝は牛肉の大和煮がついていた。

ニューカレドニア西方海域は、日の出まで一時間二〇分あまりある。杉田は柳谷三飛曹と連れ立って飛行甲板に出た。

海は暗闇に包まれているが穏やかだ。制空戦闘機隊の発艦を前に、空母赤城の飛行甲板が轟音に包まれた。

「注目！」

艦橋横の黒板を前にして、赤城戦闘機隊長進藤三郎少佐が発艦前の注意事項を説明する。

「艦隊はヌーメア西北西およそ三〇〇キロの海域にある。これより第一中隊は制空隊となり、マジャンタ飛行場を制圧する。飛行中、高度は敵の電探を避けるため一〇〇〇を維持する。制空隊は攻撃隊が空襲を終えるまで制空権を確保する。なお、加賀の制空隊はトントーア飛行場を制圧する」

ニューカレドニアには五つの飛行場があり、戦闘機部隊はヌーメア郊外のマジャンタ、他の飛行場には重爆隊が配備されていると判明している。

進藤少佐は続けて飛行航路、天候、注意事項などを伝達した。進藤少佐は全員の顔をみまわした。

質問はない。

「よし、かかれ！」

制空隊は三〇分後に空襲を始める攻撃隊の露払いをする。この後、赤城を飛び立つ攻撃隊は紫電改戦闘機一六機、胴体内に五〇番陸用爆弾を搭載する彗星艦爆二四機、胴体下に二式六番陸用爆弾を八発搭載する天山艦攻二四機だ。この編成はトントーア飛行場を攻撃する加賀隊も同じである。

二式六番二一号爆弾、通称タ弾は内部に重量一キロの小型爆弾を三六発詰めた特殊爆弾で、重量は五二キロだ。投弾すると先端のプロペラが風圧で回転し、爆弾ケースのネジを緩める。

空中で外殻が開くと、内部の小型爆弾が風圧で広範囲に散布され、地上への着地と同時に爆発して広範囲を一気に破壊する。

日の出一時間一〇分前、甲板士官が白旗を振り下ろした。進藤少佐機が危なげなく飛び立って行く。

二番機は杉田機だ。杉田はスロットルを全開にして甲板士官の白旗を見る。白旗が前方へ振り下ろされた。

「よし、行くぞ」

制動機を放すと、紫電改は急激に加速する。飛行甲板を離れ、左旋回で高度一〇〇〇まで上昇する。進藤少佐機を右前方に見る二番機の位置につけた。

第二区隊の岩井勉飛曹長機と森田守一飛曹機が上昇して来る。第二区隊が進藤少佐機の右後方で編隊を組んだ。

戦闘機隊は、可能な限り二機が対《ペア》になって戦闘状態に入る。これは、一機が敵機を攻撃中にもう一機が護衛役にまわる戦法である。二機のペアを区と呼んでいる。二個区隊四機で小隊、二個小隊八機で中隊を編成する。

これは進藤少佐がこれまでの空中戦から編み出した戦法で、今では全海軍の戦闘機隊がこの戦法を採用している。

ドイツ空軍は世界に先駆け、二機を単位とする戦法を編み出した。アメリカ海軍は、ジョン・S・サッチ大尉がサッチ・ウェーブ戦法を編み出した。極めると日本軍、米軍、ドイツ軍ともに同じ戦法にたどりつくものらしい。

第一小隊の右後方に第二小隊がついた。

第二小隊は、第一区隊長重松康弘大尉、ペア西開地重徳一飛曹、第二区隊長大石秀男飛曹長機、ペア高橋英市三飛曹の四機だ。

加賀隊も中隊長志賀淑雄大尉機を先頭に雁行陣を組み、後方についた。進藤少佐機は二度バンクし、南東へ針路を取る。高度一〇〇〇から見ると、赤城の姿は漆《うるし》を塗ったような黒い闇に隠れている。

東の空は太陽が姿を見せようと白く輝き始めた。夜明け直後の空を高度一〇〇〇で飛行する。左前方に太陽に照らされたニューカレドニア島が見える。

島の南端を迂回して東方海上に出た。高度を下げながら大きく左へ旋回し、陸地へ機首を向ける。

加賀隊が離れて行く。太陽を背に高度三〇〇で海岸線を越えた。

すぐに西海岸に面している飛行場が見えてきた。滑走路の中程に大きな駐機場があり、双発戦闘機が六機ずつ機首を滑走路に向け、固まって駐機している。数えると固まりは六つあり、双発戦闘機は三六機とわかる。

左へ機体を滑らせ、滑走路と平行になるように駐機場へ機首を向けた。

後方を振り返る。上空に米軍機の姿はない。

「第二小隊、右の列を狙え」

進藤少佐機は目標を定め、高度五〇メートルで飛行場上空に達した。杉田は進藤機の左横に並んだ。第二区隊は後方上空で第一区隊の援護にまわる。

ＯＰＬ照準器に双発戦闘機の操縦席を合わせる。高度五〇メートルを保つように機体を滑らせながら、スロットルレバー上の赤いボタンを押し続けた。

紫電改は九九式二号固定四型機関砲を四門装備

している。機関砲は初速毎秒七五〇メートル、重さ一二八グラムの炸裂弾を、毎分五〇〇発発射する。四門で毎分二〇〇〇発だ。

二〇ミリ弾の赤い線が双発戦闘機の操縦席へと吸い込まれていく。双発戦闘機は次々と火を吹き、爆発して空中へ飛散する。

低空のまま西海上へ出た。眼下にヌーメア港が広がる。ヌーメア港には巡洋艦四隻と駆逐艦数隻が停泊していた。

「巡洋艦だ。四隻もいる」

巡洋艦には構わず大きく左旋回し、再び飛行場上空へ進入する。今度は第二区隊が飛行場を銃撃し、第一区隊が援護にまわる。

飛行場周辺で何十箇所もの対空陣地が火を噴き始めた。杉田は落ち着いて地上を見た。

「すさまじい対空砲火だな。数は多いが、線香花火を見ているようだ」

地上砲火は機銃弾などの小口径砲ばかりだ。そのとき、地上を滑走する双発のP38戦闘機を確認した。

「間に合わないか」

すでに二機が離陸し、上昇して行く。続いて二機が離陸しようとしている。

「第二区隊、銃撃中止。戦闘態勢に入れ！」

無線電話で進藤少佐が怒鳴った。第一小隊は戦闘態勢を取り、上空へと向かう。

「第二小隊が危ない」

左下方を見ると、第二小隊は敵戦闘機に気づかなかったのか、飛行場を銃撃する態勢のままだ。

二機のP38が高橋三飛曹機を狙って急降下した。

「あっ、やられた！」

P38が一連射すると、高橋三飛曹機が飛行場に激突した。

高度三〇〇、進藤少佐機が機体を翻《ひるがえ》してP38を追いつめる。杉田は進藤少佐機を援護する位置を維持する。

Ｐ38は横の運動が鈍い。進藤少佐が狙いすませたように射撃した。一機のＰ38がのけぞるように地上に激突した。

進藤少佐に代わって、今度は杉田がもう一機の逃げるＰ38を追う。操縦席を狙って射撃した。今では空戦の腕は、進藤少佐より杉田のほうが勝る。Ｐ38は回転しながら地上に激突した。

上昇しながら飛行場を見る。地上のＰ38は一機残らず燃えている。上空にもＰ38の姿はない。

「攻撃隊だ」

上空に艦攻隊の姿が見えてきた。真っすぐ爆撃コースに入って来る。

攻撃隊はなにものにも邪魔されず、高度四〇〇〇から悠々と爆弾を投下する。銃撃で燃えていた双発戦闘機が跡形もなく吹き飛ぶ。


そのとき杉田が右手の親指を港へ向け、興奮気味に叫んだ。

「艦爆隊の爆撃だ！」

ヌーメア港を見ると、重巡には三機の艦爆が、駆逐艦には一機の艦爆が高度四〇〇〇から急降下する。動かぬ目標を外すはずがない。

陸用爆弾でも五〇番なら三メートルのコンクリート壁を貫通する。これが八〇番だと、五メートルのコンクリート壁を貫通する。重巡とて、五〇番が三弾命中してはひとたまりもない。

攻撃隊は二〇分ほどの攻撃で、飛行場近くの通信所も破壊した。制空隊は艦攻と艦爆隊を護衛する位置で編隊を組んで帰投した。

米軍の抵抗はなきに等しく、日本軍はマジャンタ飛行場の攻撃に成功した。

結局、第八艦隊は四波にわたってニューカレドニアの軍事施設を攻撃し、無力化した。

アメリカ陸軍はニューカレドニアのコーマック、プレインド・デ・ガイアック、ラ・フォア、トントーア、マジャンタに飛行場を整備して飛行隊を配備した。

このうちマジャンタ飛行場はヌーメア市郊外にあり、長さ一二〇〇メートル、幅五〇メートルの舗装された滑走路が、マジャンタ湾へ突きだすように横たわっている。

南太平洋軍陸軍司令官ミラード・F・ハーモン少将はトントーア基地に司令部を置き、マジャンタ基地に戦闘機部隊を配備した。人員は整備員を含めてマジャンタ基地が六五〇名、トントーア基地は一万名以上である。

第三四七戦闘航空群はエスピリッツサント島での二週間の任務を終え、ニューカレドニアに引き上げた。第三四七戦闘航空群第三三九戦闘飛行隊はマジャンタ基地で翼を休めている。

ジョン・C・レーン中尉は小隊長トーマス・B・マクガイア大尉とペアを組む。小隊のもう一組は、ジェームス・C・インス中尉とポール・スタンチ中尉がペアを組んでいる。四人は束の間の骨休みを楽しんでいた。

レーンが小隊長のマクガイア大尉へ話しかけた。

「小隊長、噂では我が軍がいよいよ反攻を開始するらしい。本当ですかね」

「さあな。俺たちは二週間の任務を終え、ニューカレドニアへ戻って来たばかりだ。なにも考えず、少し命の洗濯をしなければ」

インス中尉は顔を背けるように言う。

「その通りだ。ソロモンでは痛い目にあったからな」

インス中尉は一週間ほど前にガダルカナル島へ出撃したとき、フランク（疾風）との空戦で撃墜され、漂流中を救助された苦い経験がある。

スタンチ中尉は自分の思いを口にした。

「確かにフランクは手強い。だが、ズームとダイブで戦うなら、ライトニングはフランクに勝てるはずだ。俺は今度こそフランクをやっつけたい」

最近になってスタンチ中尉の腕はめきめき上達し、これまでにフランクを二機撃墜している。

マクガイア大尉が皆を景気づけるように言う。

「さあ、そんな話はこれまでだ。今夜もヌーメアへ繰り出そうぜ」

「それがいい」

インス中尉が真っ先に賛同した。その夜、一同はヌーメアの町で大いに盛り上がった。

フランス植民地のニューカレドニアでは、パイロットが多少羽目を外してもMPは何も言わず、おおめに見てくれる。ここニューカレドニアは戦争の影がまったくなく、パイロットにとっては天国なのだ。

翌二七日早朝、レーンはバリバリという音と油が燃える臭いで目が覚めた。

「なんだろう、失火かな」

ベッドから飛び降り、急いで表へ出た。なんと駐機場のライトニングが小さな爆発を起こし、燃えているではないか。

「どうした。何があった？」

事態を飲み込めぬまま、寝ぼけ眼《まなこ》で上空を見上げる。朝日を受けて、キラキラ光る数機の単発戦闘機が見えた。

「ライトニングではないな。エアラコブラでもない。まさか！」

レーンは西の海上へ遠ざかる機体に日の丸が描かれているのを確認した。

「ジョン、行くぞ！」

後ろから声が聞こえた。振り返ると、飛行服に身を固めたマクガイア大尉が、レーンへ飛行服を投げつけた。

マクガイア大尉は、かろうじて被害を免れた六機のライトニングへ向かって駆け出す。その後をスタンチ中尉とインス中尉が追いかける。

レーンも急いで飛行服を着け、ライトニングへ向かって駆け出した。

そのとき、海のほうで旋回を終えた先ほどの戦闘機が向かって来た。レーンはインス中尉機に続いて離陸した。

ライトニングの真価は離陸して初めて実感できる。ライトニングは想像以上の加速で上昇する。レーンは高度一〇〇〇で、マクガイア大尉の二番機の位置につけた。

マクガイア大尉は大きく左旋回し、飛行場を銃撃している敵戦闘機を目標に選んだようだ。

マクガイア大尉は急降下速度を制御するエアブレーキを使わずに急降下する。ライトニングは横転、左右の急旋回などの運動性能こそ日本軍戦闘機にかなわないが、上昇力と急降下速度は優れている。

高度二〇〇〇で、飛行場を銃撃している日本軍戦闘機に追い着いた。マクガイア大尉機が一連射した。日本軍機はフラフラしたと思ったら、そのまま地上に激突した。

「後方に敵機！」

レーンが後方から迫る日本戦闘機を確認して怒鳴った。

マクガイア大尉機は左旋回をかけて日本軍機を振り払おうとしたが、ライトニングの旋回性能では逃げ切れるものではない。

マクガイア大尉機が銃撃を浴びて地上に激突した。レーンは後方を振り返り、恐怖におののいた。

後方、手の届くほどの近さで日本戦闘機の翼が赤く染まった。レーンは頭に銃弾を受けて即死した。

2

九月一日の米空母艦載機の南鳥島来襲により、連合艦隊司令長官嶋田繁太郎大将は米軍の進攻作戦が始まったと判断し、第三段作戦となる連合艦隊Z作戦を発令した。

これを受けて第一一航空艦隊は九月中旬までに、第二二航空戦隊を第一陣地に、第二四航空戦隊を第二陣地に、第二六航空戦隊を第三陣地に配置し終えた。

最前線の第一陣地はマーシャル諸島のウォッジェ、マロエラップ、マジュロ、ミレ、ヤルート、それにギルバート諸島のマキン、アベイアン、タラワである。

マロエラップ、ミレ、タラワには長さ一二〇〇メートル以上、幅六〇メートル以上の滑走路を持つ飛行場が整備されている。さらにほかの島々には飛行艇、魚雷艇、蛟龍、哨戒特務艇、駆潜特務艇、隼艇《はやぶさ》の基地も整備された。

誰が見ても、第一陣地の備えは万全と思える。

第二陣地はブラウン（エニウェトク）、クェゼリン、クサイエ、ナウル、第三陣地はマリアナ、トラック、ラバウルとなる。第二陣地には消耗した機材をただちに補給できるよう予備機材が準備されている。

第三陣地では消耗機材の補給のみならず、搭乗員や整備員を含め、戦力の建て直しを行う。

一〇月初め、第一陣地に第二四航空戦隊、第二陣地に第二六航空戦隊、第三陣地に第二二航空戦隊が移動するローテーションが行われた。これには戦隊の移動に伴う問題点を洗い出す目的もある。

この移動により、第二四航空戦隊は第二二航空戦隊に代わって第一陣地の守りについた。第二六航空戦隊は第二陣地へ前進し、第二四航空戦隊の後詰めとなった。そして、第二二航空戦隊は第三陣地へ後退し、消耗した戦力の回復を行う。

一〇月中旬に二回目のローテーションを行う。二回目のローテーションには、一回目のローテーションで明確になった問題点が改善されているかを確認する意味合いがある。

ローテーションを前に第二〇四航空隊司令佐々木彰中佐は、士官全員をクェゼリン環礁の北岸に位置するルオット島の第六根拠地隊司令部会議室に招集した。

二〇四空司令佐々木中佐の説明が始まった。

「一〇月中旬に、第二六航空戦隊が第二四航空戦隊に代わって第一陣地の守りにつく。二〇四空の配置である。第一大隊をタラワに、第二大隊をミレに、第三大隊をマロエラップに配置する。各大隊は一二日を移動日として準備を進めよ」

鴛淵《おしぶち》孝中尉は佐々木中佐の話を聞きながら、いよいよ最前線だとの思いを強くし、握りこぶしに力を入れた。

「Z作戦は海軍が長年にわたって研究して来た米軍を迎え撃つ漸減邀撃作戦を、島嶼防衛の形で具現化したものだ。

第一陣地を守っている間に、遊撃部隊の第三艦隊が敵空母機動部隊を痛打して打撃力を削ぐ。潜水艦戦力と基地航空部隊は、押し寄せた敵上陸部隊に痛打を浴びせて撃退する。

これがZ作戦だ。俺はやるぞ。やってやる!」

鴛淵中尉は温厚な性格ながらも自然と力が入る。

二〇四空司令だった柴田武雄中佐は台南空、六空時代から世界最強の戦闘機部隊を作り上げようと常に工夫と努力を重ね、実戦で成果をあげてきた。

昭和一七年度戦備編成で、六空は二〇四空、台南空は二五一空へ改称した。その後、二五一空は月光を装備する夜間戦闘機隊に改編され、元台南空の二五一空搭乗員は二〇一空へ移った。

今では二〇一空と二〇四空が基地航空隊最強の戦闘機部隊と、誰もが認めている。

二〇四空では、三羽烏と言われる二六歳の坂井三郎上飛曹、二四歳の太田敏夫上飛曹、二三歳の西沢広義上飛曹が群を抜いている。なかでも太田上飛曹は海軍最高の三三機の撃墜記録を持つ。

ほかにも、切れ味鋭い一撃離脱戦法を得意とする二三歳の岩本徹三上飛曹、一日に敵機を五機撃墜した同じく二三歳の武藤金義上飛曹をはじめとして、奥村武雄一飛曹、国分武一二飛曹、羽藤一志二飛曹、吉村啓作三飛曹、森浦東洋雄三飛曹、後藤竜助三飛曹などのエース級搭乗員がいる。

柴田中佐が連合艦隊航空参謀へ異動し、連合艦隊航空参謀の佐々木彰中佐が入れ替わるように二〇四空司令に就任した。副長兼飛行長は、二〇四空生え抜きとも言える兵学校五九期出身の横山保少佐だ。

ここで、飛行長の横山少佐がタラワの弱点について話した。

「ガダルカナルでは押し寄せる米軍機を圧倒し、制空権を守った。それは、時速八五〇キロの急降下速度でもびくともしない頑丈な機体に、命中精度が高く、威力のある四門の二〇ミリ機関砲を装備している紫電改戦闘機の性能に負うところが大きい。

それ以上に、電探を駆使した早期警戒網による補助、そしてなによりも自軍上空で空戦に入るという有利性があった。

ところが、九月初めの南鳥島の航空戦では日本軍が惨敗した。その原因を調べたところ、失われた航空機のほとんどが地上で撃破されたとわかった。

つまり、敵機が上空に飛来して、初めて敵機の来襲を知ったのだ。これでは戦闘機が飛び立つ間もなく、地上で撃破されてしまって当然である。

ガダルカナル島では、電探を装備した陸軍の航空情報隊による早期警戒網の支援を受けられた。だから日本軍は事前に米軍機の来襲を知り、有利な状況で戦えたのだ。

タラワの早期警戒網には不備がある。第二二航空戦隊、第二四航空戦隊はともに多くの航空機を失った。しかも失った航空機は、すべて地上で破壊された。

原因は南鳥島と同じだった。つまり、来襲するB24を事前に発見できなかったのだ。

このままでは二〇四空も同じ目にあうのは必至だ。そこで、二〇四空は早急に早期警戒網を整備し、航空情報班を編成する。航空情報班長は清水康男大尉である」

横山少佐は東山市郎上飛曹、羽切松雄上飛曹、大石英男上飛曹、中瀬正幸上飛曹などを育てた名指揮官として有名である。

巨大な米軍に立ち向かうには、どうしたらいいのか。横山少佐は第一陣地の状況を詳しく調べ、どのようにして二〇四空の戦力を維持すべきかの研究を怠らなかったようだ。

清水大尉はシドニー生まれでシドニー育ちという予備士官で、日本語より英語のほうが話しやすいという。

そしてもう一人、電探基地整備のため横須賀工廠造兵部無線工場から派遣されて来たのが、繰り上げ卒業で昭和一七年一月に召集された予備技術科士官の緒方研二技術大尉である。

緒方大尉が電探基地について説明した。

「ギルバート諸島には旧式ながらも対空見張り用の一号一型電探が、タラワ環礁のベティオ島に二基、テチョー島に一基設置されています。

さらに、北方のマキン環礁ブタリタリ島にも電探が設置されています。ただし、航空隊との連絡方法は伝令と電信のみに頼っています。

今回の工事は、まず電探を最新の三式一号三型に更新します。電探基地と航空隊との連絡方法も、有線電話と無線電話による二重化を行います。

電探の更新に三日、動作試験を含めると全体で一週間ほどの工事期間となります。

マキンの電探基地は、タラワの工事が終わってから更新工事に取りかかります」

緒方大尉は工事要員として、横須賀工廠無線工場から十数名の技手を連れて来た。


今度は横山少佐が力を込めて言った。

「よいか。電探の更新が終わるまで、決して米軍に工事の邪魔をさせてはならない。早期警戒網は我々の生命線と考えよ」

「おー!」

会議室に歓声があがった。

鴛淵中尉は不思議に思った。

「あまりにも手際がよすぎる。どうして、こんなにうまくいくのか」

後になって鴛淵中尉が横山少佐に聞いたところ、こんな答えが返ってきた。

「連合艦隊航空参謀の柴田中佐に相談した。柴田中佐は軍令部の梶原大佐にかけ合ってくれたようだ。梶原大佐は連合艦隊の参謀も兼務しているので、話はとんとん拍子にまとまり、手配も滞りなく行われたらしい」

会議が終わると、本格的にタラワへの移動準備が始まった。

二〇四空の紫電改九六機はルオット島の飛行場に駐留している。三〇三空の月光七二機はクェゼリン島の飛行場に駐留している。

しかし、七〇三空の連山大攻三六機はクェゼリンに入り切らず、マロエラップの飛行場に駐留している。零式観測機や二式飛行大艇はクェゼリン環礁の広い礁湖で翼を休めていた。

移動の順番などは航空戦隊司令部が検討しているだろう。鴛淵中尉は自分の中隊に専念すればいい。

第一大隊長は二〇四空の飛行隊長でもある宮野善治郎大尉だ。第二大隊長は八月に大尉へ昇進したばかりの笹井醇一《じゅんいち》大尉である。

鴛淵中尉は笹井大尉の海兵一期後輩で、第一大隊第二中隊長を任されている。

宮野大尉は常に大原亮二一飛曹を、笹井大尉は坂井上飛曹を列機に指名している。

昭和一七年八月、鴛淵中尉は戦闘機延長教育を終えて二〇四空に赴任した。そのとき、司令柴田中佐は鴛淵中尉を一日も早く優れた指揮官に育てるため、指揮官教育者に当時、一飛曹だった西沢を指名した。

鴛淵中尉は温厚な性格にもかかわらず、西沢一飛曹の期待に応えるように空戦技術を磨き、腕を上げた。そして、指揮官としても優れた才能を開花させた。鴛淵中尉は出撃のたびに西沢を列機に指名している。

一二日を迎えた。この日は二〇四空がクェゼリンを飛び立ち、第一陣地へ展開する日である。

日の出一時間前、宮野大尉が搭乗員に注意事項を説明する。

「ベティオ島には連日のようにB24が飛来する。つまり、第一陣地の中でもベティオ島が最も激しい戦闘が行われている。決して油断してはならない」

搭乗員の誰もが緊張した面持ちで話を聞いている。宮野大尉が最後に言った。

「飛行途中の天候はおおむね良好である」

第一大隊の紫電改三二機は、最新鋭電探と工事要員を乗せた一二機の零式輸送機を護衛するようにクェゼリンを飛び立ち、ベティオ島へ向かった。胴体下に増槽を積み、機関砲には実弾を装填しての飛行である。

幸いにも穏やかな天候に恵まれ、敵機にも遭遇せず、一機の落後機も出さず、ベティオ島に到着した。

着陸してみると、ベティオ島は全島がまるで要塞のようであった。

貨物船が横付けできる桟橋があり、飛行場は長さ一四〇〇メートル、幅六〇メートルの滑走路がある。駐機場は小型機なら一〇〇機は収容できる広さが確保されている。

基地施設は一一棟の宿舎、通信施設はこの二月一八日に、防空壕と飛行機掩体は四月一一日に完成したものだという。

駐屯兵力は四六〇〇名で、防備兵器は二〇センチ砲四門、一四センチ砲四門、八センチ砲六門、速射砲六門、七・五センチ対空高角砲二四門、一三ミリ機銃は無数に備えてあるように見える。

そのほかにも、陸用兵器として一式戦車一四輛、九九式一〇センチ山砲二四門、九二式重機関銃三六挺がまるでハリネズミのように島を守っている。

宮野大尉は翌日から中隊八機を上空に配置し、電探の不備をカバーする措置を取った。

鴛淵中尉の第二中隊は宮野大尉の一直に続く二直である。この日の第二中隊は、第一小隊第一区隊鴛淵中尉、西沢上飛曹、第二区隊久保一男飛曹

長、大住文雄一飛曹、第二小隊第一区隊小泉藤一特務少尉、手塚時春一飛曹、第二区隊松山次男飛曹長、安達繁信一飛曹となった。

「搭乗員は申し分のない実績を持つ。指揮さえ誤らなければ、よほどのことがない限りB24を撃退できる」

　B24は九月下旬頃から、四〇機もの大編隊で飛来してくるという。

　二式飛行大艇の偵察によれば、米軍はタラワの東方一二〇〇キロのベーカー島、南東一一〇〇キロのエリス諸島に飛行場を完成させた。敵戦闘機に撃墜されたのか、二式飛行大艇は報告を発信した直後に消息を絶った。

　鴛淵中隊は離陸すると、一刻も早くB24を発見しようとタラワの東方から南方方面を中心に警戒を続ける。

　突然、受話器から西沢上飛曹の声が聞こえた。

「東方高度五〇〇〇、距離四〇キロに九機のB24編隊！」

　敵機はまだ遠い。鴛淵は余裕を持って上下左右の全空を観察した。海面近くで二〇機ほどのB24がベティオ島方面へ向かっている。

「うん、下方からB24の編隊が迫って来る。上空のB24が我々を引きつける。その間に低空のB24が飛行場を爆撃する作戦だ」

　鴛淵は敵の作戦を読むと全機に告げた。

「二中隊は、このまま上空のB24をやる」

　さらに地上へも報告する。

「航空情報班、こちら二中隊。B24は二隊に分かれている。一隊は上空五〇〇〇に九機のB24。もう一隊は高度一〇〇〇付近を飛行場へ向かう二〇機のB24。二中隊は上空へ向かう。低空の敵機に対処されたし」

　鴛淵はセオリー通り、距離一〇〇〇の斜め前方上空からB24の操縦席を狙って降下を始めた。

B24は狂ったように機銃を撃ち上げてくる。鴛淵は距離六〇〇で射撃を開始した。

その直後、カンカンと敵弾が数発、音を立てて後部胴体に命中した。それでも紫電改は安定して飛行する。鴛淵は射撃を続けながら、距離三〇〇で機体をひねり、下方へ退避した。

「数十発は命中したはずだが。B24は悠々と飛行を続けている。駄目か」

続く西沢上飛曹も、鴛淵と同じように斜め前方上空からB24に接敵した。西沢上飛曹に撃たれたB24は火を吹かなかったが、フラフラしながら落ちて行った。パイロットがやられたに違いない。

「やった！」

先ほど鴛淵が射撃したB24から火が吹き出した。すると、機体から六つの黒い物体が飛び出した。目で追って行くと、高度二〇〇〇付近で次々と落下傘が開いた。そのときB24が爆発して飛散した。

鴛淵は我に返り、再び高度を取る。

B24への攻撃開始から一五分過ぎた。

「残るB24は五機か。なかなか頑丈だな」

側方から連射を浴びせてもB24は落ちない。発動機か操縦席を狙う必要があるのだ。

眼下にベティオ島が見えて来た。さらに五分後、四機に減少したB24は緩い右旋回で爆撃コースに入った。その間も二中隊は攻撃の手を緩めない。

さらに一機が減り、三機のB24が飛行場に投弾すると退避して行った。

「すでに弾丸は撃ち尽くしてしまった。やむを得ない」

鴛淵は攻撃中止を命じた。

「攻撃止め、着陸する」

地上を見る。排土車が爆撃された滑走路を修復していた。燃料も少なくなってきた。ゆっくり旋回し、滑走路の修復を待つ。一五分ほどで「着陸よし」の信号が上がった。

着陸して機体を調べると、弾痕が一五個ほど見つかった。鴛淵は紫電改の頑丈さに救われたような気がした。

こうして二〇四空のB24迎撃は毎日続いた。

「おかしいな。アメさん、今日は来ないのかな」

小泉少尉が「おかしい」を連発する。B24は決まったように午前と午後の二回、二〇機から四〇機が飛来して飛行場を爆撃した。そして、来襲したB24の二割から三割が撃墜される。

ところが、二一日からB24の飛来がないのだ。

タラワは早期警戒網の更新が完了し、最新の機材での運用が始まった。

高度三〇〇〇以上で飛来するなら、電探は敵機を三〇〇キロ先で探知でき、戦闘機隊は航空情報班の誘導を受けて戦えるようになった。

3

機動部隊指揮官山口多聞中将は、新鋭空母筑波に将旗を掲げて内地を出撃した。

トラックに二日間停泊し、補給を受けた後に出港した。しかし、米空母機動部隊は真珠湾へ帰投したのか行方がわからない。

やむを得ず、山口司令官はブラウン環礁の泊地に投錨し、訓練を行いつつ出撃の機会をうかがっていた。

一〇月一〇日、ブラウン泊地に投錨してから六日が過ぎた。航空参謀淵田美津男中佐は山口司令官に呼ばれて司令官室に入った。まもなく参謀長の矢野英雄少将も姿を見せた。

山口司令官が切り出す。

「米空母機動部隊の行方がわからない」

そのとき、通信参謀高橋勝一中佐が受信したばかりの電文を手に興奮の色を隠さず、司令官室に飛び込んできた。

「山口司令官、第六通信隊司令が緊急電を発信しました。緊急電は、米空母機動部隊の出撃を思わせる気配を諜知《ちょうち》せりとあります」

第六通信隊司令は真珠湾、ハウランド、パルミラ間の通信状況が活発化していると、一〇月一日から報告電を発信している。六日(ハワイ時間五日)には、通信量が異常に活発化したとの報告電もあった。

高橋通信参謀が報告を続ける。

「第六通信隊は、米軍の通信が空母機動部隊の出撃状況に酷似しており、しかもこれまでにない大規模なものだと警告しています」

淵田中佐が言った。

「山口司令官、やはり米機動部隊は真珠湾に帰投し、次の出撃準備をしていたに違いありません。いよいよ米艦隊の中部太平洋への本格的な進攻が始まったと考えます」

矢野少将が確認するように聞いた。

「情報元は確かか。情報源によっては敵の謀略とも考えられる」

「方位測定で発信源はクェゼリンと確認しています」

淵田中佐は米機動部隊の出撃例を話す。

「クェゼリンの第六通信隊は、八月にも急激に増えたハワイ方面の米軍通信を分析し、空母機動部隊が真珠湾を出撃した模様と報告しました。

そして、九月一日に南鳥島が米空母艦載機の攻撃を受けました」

淵田中佐はさらに言う。

「山口司令官、米空母は真珠湾を出撃すると、通常の場合、その翌日に真珠湾の沖合で航空隊を収容します。このとき、急激に通信量が増える傾向にあります。

第六通信隊は米軍の通信状況から、九日に空母機動部隊が出撃したと判断し、緊急電を発信したのではないでしょうか」

微弱な電波でも強力な受信装置があれば敵の無線電話を傍受できる。会話は暗号化されておらず、英語に堪能な通信士なら内容を聞きとれる。

第六通信隊は地味な活動を続けているが、その実力は米海軍のハイポ局（暗号解読班）以上の能力がある。

山口司令官は決断が早い。すぐに対応策を命じた。

「矢野参謀長、機動部隊の対応策を命ずる。ただちに行動に移るように。

機動部隊を第一機動部隊と第二機動部隊に分ける。第一機動部隊は第一航空戦隊、第三航空戦隊、戦艦大和、武蔵、金剛、榛名を中心の戦力とする。第二機動部隊は第二航空戦隊、第四航空戦隊、戦艦長門、陸奥、霧島、比叡を中心の戦力とする。

第二機動部隊は城島高次少将を先任指揮官とし、ミッドウェー島を無力化せよ。特に潜水艦基地は徹底的に破壊せよ。その後はアリューシャン列島方面へ向かい、ダッチハーバーを攻撃せよ。

第一機動部隊はパルミラ方面へ出撃し、ハウランド、ベーカー、カントンの米軍基地を空襲し、米空母機動部隊をおびき寄せて決戦を挑む」

矢野参謀長が勇んで答えた。

「了解しました。ただちに命令を発します」

二航戦司令官は山口少将と海兵同期の城島高次少将、航空参謀は橋口喬少佐だ。二航戦が搭載する航空隊は司令入佐俊家中佐、艦攻飛行隊長村田重治少佐、艦爆飛行隊長千早猛彦大尉、艦戦飛行隊長新郷英城少佐の六五二空である。

第二機動部隊は第三次船舶改善助成で建造された一万トン油槽船、八紘丸、日邦丸、日栄丸、良栄丸を伴い、ブラウン環礁を出港して行った。

第一機動部隊はブラウン環礁を出港すると南下を続け、クサイエ島南方で東方へ針路を変えた。ミレ島とマキン島の中間地点を東へ進み、西経一七五度から再び南下し、一九日の夕刻となった。

山口司令官は新たな命令を下した。

「第一機動部隊は中部太平洋特有のスコールに見舞われ、米哨戒機の接触を受けずに航行できた。状況は我々に有利である。

明日は、カントン島とフェニックス諸島を同時に攻撃する。第一航空戦隊は予定通りハウランド島、ベーカー島を攻撃する。第三航空戦隊、戦艦武蔵、榛名をカントン島、フェニックス諸島攻撃に向かわせよ」

矢野参謀長は気を引き締めながら言った。

「了解しました。第三航空戦隊をカントン島攻撃に向かわせます」

発光信号で、山口司令官の命令が第三航空戦隊司令官有馬正文少将へ伝えられた。

第三航空戦隊の空母翔鶴、瑞鶴、白龍、鴻龍、戦艦武蔵、榛名が第一二戦隊の駆逐艦一六隻に囲まれ、二重の輪形陣を作って離れて行く。

ベーカー島はタラワから東へおよそ六五〇海里の位置にあり、ハウランド島とともにB24の有力な出撃基地となっている。

淵田中佐が明日の攻撃計画を説明する。

「ハウランド島、ベーカー島に対する第一撃は、在地の敵航空機撃滅、地上軍事施設を目標に陸上攻撃の第五編成で実施します。

攻撃隊編成は、各空母から夕弾六発を積んだ天山艦攻九機、三式五〇番陸用爆弾搭載の彗星艦爆一二機、制空隊の紫電改戦闘機八機が出撃します。

攻撃隊指揮官は艦攻の友永丈市大尉となります」

第一次攻撃隊は予定通りの出撃である。淵田中佐は説明を続ける。

「次に敵機動部隊に対する備えです。各空母は天山艦攻九機、彗星艦爆一二機、制空隊の紫電改一二機を敵艦隊発見に備え、第一編成で待機します。攻撃隊指揮官は艦攻飛行隊長の楠《くす》美《み》正少佐です」

一航戦が搭載する航空隊は司令天谷孝久中佐、艦攻飛行隊長楠美正少佐、艦爆飛行隊長江草隆繁少佐、艦戦飛行隊長板谷茂少佐と精鋭中の精鋭を集めた六〇一空だ。敵機動部隊を発見したら、ただちに出撃できるよう半数の航空機が艦船攻撃用の第一編成で待機する。

第一編成とは、艦攻は九一式航空魚雷改三、艦爆は九九式五〇番通常弾を搭載する編成となる。

「敵艦隊の索敵は、南半分をカントン島へ向かっている三航戦が担当します。北方の海域は方位二八二度から時計回りに一五度間隔で濃密に実施します」

山口司令官は、常日頃から策敵の成否が勝敗を決めると説いている。淵田中佐は濃密な索敵を強調した。

一航戦の空母筑波、阿蘇、葛城、鞍馬は紫電改三六機、彗星二四機、天山一八機のほかに、山口司令官の意向もあって彩雲艦偵を六機搭載して出撃した。

山口司令官が念を押した。

「第一段に続き、第二段、第三段の策敵も実施するのだな」

「はい。彩雲は高度四〇〇〇、時速三九〇キロで飛行するなら約三八〇〇キロ飛行できます。増槽を付けると、航続距離は五三〇〇キロ以上に伸びます。

各空母から三機、計一二機で北半分一八〇度の海域を偵察します。彩雲は進出距離を五〇〇キロとすれば、三機交替で交互に偵察を繰り返せます」

山口司令官は満足そうにうなずいた。

ハウランド島とベーカー島は、ミッドウェー島とほぼ同じ経度にある。

明けて一〇月二〇日、日の出は日本時間の午前一時二五分（現地時間午前四時二五分）、日没は午後三時四三分となる。

第一次攻撃隊の発艦は、日の出約三〇分前の午前一時（現地時間午前四時）だ。

「発艦はじめ！」

午前一時、飛行長増田正吾中佐の下令で一番機の岡嶋清熊大尉機が滑走を始めた。岡嶋機に続いて紫電改八機が発艦する。

紫電改に続いて、彗星艦爆の山田昌平大尉機が飛び立って行く。彗星艦爆一二機の次は、天山艦攻が発艦する。天山艦攻一番機は友永大尉機だ。続いて二番機浮田忠明飛曹長機、三番機と計九機が発艦し、上昇して行く。

一五分後、一航戦上空に紫電改三二機、彗星艦爆四八機、天山艦攻三六機、合計一一六機が三層の編隊を組み、艦隊上空を一周すると、針路を南西に向けて視界から消えて行った。

「行ったな。あとは敵機動部隊の発見を待つだけだな」

山口司令官は前方を睨みながらポツリと漏らした。

午前四時二〇分（日本時間午前一時二〇分）、出撃一〇分前となった。空母筑波は速力を二五ノットから二〇ノットに落とし、艦首を三メートルの南西の風に合わせた。

飛行甲板の風を受けながら、藤定正一三飛曹は操練時代から一緒の矢頭元祐三飛曹に話しかけた。

「杉田や柳谷は今頃どうしているかな」

最近は搭乗員の戦死者が増えてきたという。やはり同期のことが気になる。

「杉田と柳谷は俺たち同期の中では、誰よりも腕がいい。彼らは第八艦隊の赤城で活躍していると思うよ」

「八艦隊はニューカレドニアを攻撃したと聞いた。彼らも出撃したんだろうな」

「おい、分隊長の話が始まるぞ」

戦闘機分隊長岡嶋清熊大尉が叫んだ。

「ちゅうーもーく！」

まだ暗い筑波の飛行甲板で、出撃する戦闘機搭乗員が岡嶋大尉のまわりに集まった。岡嶋大尉が出撃の注意事項を述べた。

筑波を出撃する戦闘機隊は第一小隊岡嶋大尉、岩城芳雄一飛曹、小山内末吉飛曹長、藤定正一三飛曹、第二小隊坂井知行大尉、大森茂高一飛曹、岩間品次上飛曹、矢頭元祐三飛曹である。

藤定三飛曹は第一小隊の、矢頭三飛曹は第二小隊の四番機となる。

飛行甲板では出撃機の試運転が始まり、発動機の爆音が轟《とどろ》いている。岡嶋大尉は注意事項を言い終えると号令をかけた。

「かかれ！」

搭乗員が岡嶋大尉の号令で愛機へと駆ける。

藤定三飛曹は操縦席に座り、落下傘バンドを締めて計器類を確認する。異常はない。

一番機の岡嶋大尉機、二番機の岩城一飛曹機が発艦して行った。そして、小山内飛曹長機が飛び立った。藤定三飛曹はゆっくりとスロットルを押し、発艦位置で機体を止めた。

制動機を力一杯押し、甲板士官の白旗を見る。白旗が降り降ろされた。スロットルを全開にして制動機を放す。

誉《ほまれ》発動機の轟音が響き、機体が急激に加速する。機体は飛行甲板すれすれで浮き上がり、上昇する。

「きれいな朝だな」

上昇しながら、少し明るくなってきた東の空を見た。西の水平線は暗闇の中にある。海面は艦隊が立てる波頭のほかには何も見えず、蒼黒く沈んでいる。

右後方から三航戦の編隊が近づいて来る。攻撃隊は艦攻、艦爆、艦戦の三層になった。友永大尉機がハウランド島へと針路を向けた。

太陽が左後方の南東から顔を出し、光を射してきた。攻撃隊は蒼黒く沈んでいる西方海域へと進む。大空全体が太陽の光を浴び、水平線の彼方まで見えるようになった。

雲量一ないし三、雲高五〇〇、風向九〇度、風速九メートル、視界六〇キロと申し分のない快晴だ。

「この天気でも昼には多くのスコール雲が立ち昇る。天気って不思議だな」

藤定三飛曹はいつの間にか戦争のことなど忘れていた。すると、常日頃から口を酸っぱくして言われてきた区隊長小山内飛曹長の言葉を急に思い出した。

「周囲すべてに注意を払え。敵機に遭遇したら、何があろうとも全神経を集中させ、撃墜することのみを考えろ。躊躇《ためら》いは死を意味する」

藤定三飛曹は小山内飛曹長の言葉を、今一度噛みしめて気を引き締めた。

午前六時一五分、前方にハウランド島が見えてきた。そのとき後方が明るく輝いた。敵飛行艇が吊光投弾を落としたのだ。

「米軍は電探で攻撃隊を発見し、飛行艇を飛ばしたのか。気がつかなかった」

藤定は改めて周囲全体を見まわした。敵機の姿は確認できなかったが、どこかで攻撃隊を狙っている感じがした。

「突撃準備つくれ」

友永大尉が下令した。

「よし、高度を上げるぞ。上空に注意せよ」

今度は岡嶋大尉機から指示が出た。

左前方のハウランド島が大きくなってきた。上空は不気味な静寂が支配している。

不意打ちだった。突然、艦爆四番機と五番機が火を吹いた。その先を双胴の悪魔と呼ばれるP38戦闘機四機が飛び去った。

艦爆は搭乗員が飛び出す間もなく、爆発して砕け散った。四番機は操縦大石幸雄一飛曹、偵察杉江武二飛曹、五番機は操縦宮武義彰一飛曹、偵察高野義雄二飛曹だ。

「おのれ！」

藤定は我を忘れてP38を追いかけようとした。そこに、受話器から岡嶋大尉の命令が聞こえた。

「上空にとどまり、攻撃隊を守れ」

命令とあれば仕方がない。藤定はより注意深く全空を見渡した。

「危ない。P38が艦爆隊を狙っている」

前方二時方向、上空六〇〇、距離一五〇〇で四機編隊のP38が艦爆隊を目標に急降下しようとしている。さらに遠い上空にも編隊が見える。編隊が五つ、二〇機のP38が艦爆隊を狙っている。

岡嶋大尉機が急降下に移ろうとしているP38に、猛烈な勢いで突進する。かなり遠い距離から岡嶋大尉機がP38めがけ一連射した。

もちろん、銃弾は命中しない。艦爆隊攻撃を諦めたのかP38が翼を翻し、急降下に移って逃げ出した。

岡嶋大尉機は猛然とP38を追いかける。岩城一飛曹機も岡嶋大尉機を護衛しながらＰ38を追う。藤定も小山内飛曹長機を護衛する位置を崩さずに飛ぶ。

紫電改の急降下速度は時速七五〇キロを超え、八〇〇キロに迫ろうとしている。

Ｐ38はと見ると、急降下速度を抑えるエアブレーキを作動させている。これではＰ38の急降下速度性能を殺しているようなものだ。

岡嶋大尉機が、四機編隊の最後尾を飛ぶＰ38を射程内に追いつめた。岡嶋大尉機が発砲すると、Ｐ38は操縦席を撃ち抜かれ、墜落して行った。

残った三機のＰ38はバラバラになって飛び去る。小山内飛曹長は右へ旋回したＰ38を追う。

前方に海面が迫ってきた。Ｐ38は急降下から水平飛行に移り、右へ左へと旋回して射線をかわそうとする。

距離が一五〇まで縮まった。Ｐ38のパイロットが後方を振り返った。二十歳前後だろうか、恐怖で引きつった表情をしている。

小山内飛曹長は日頃の言葉通り、迷わず発砲した。二〇ミリ弾がＰ38に吸い込まれて行く。

Ｐ38の右主翼から火が吹き出た。直後、右主翼がちぎれ飛び、海面に激突した。

Ｐ38戦闘機は高度六〇〇〇メートル付近で攻撃隊を待ち伏せしていた。三二機の紫電改戦闘機は二四機のＰ38戦闘機と空中戦を交え、一五分ほどで半数近い一一機を撃墜した。

戦力は優勢であったが、四機の紫電改が被弾し、二機が撃墜された。よほど腕のいいパイロットがいたに違いない。

残念ながら藤定に敵機撃墜の機会はなかった。攻撃隊は敵戦闘機の妨害を受けず、爆撃針路についた。

午前六時三四分、艦攻隊は島の北東方向から針路二二五度、速力一八〇ノット、高度三五〇〇メートルで飛行場に対して爆撃を開始した。

タ弾が広範囲にばら撒かれ、翼を休めていた四〇機ほどのB24が次々と火を吹いた。爆撃の最中に天山艦攻二機が被弾した。その中の一機が駐機しているB24の群れに突っ込んだ。

艦爆隊は燃料槽、高角砲陣地、飛行艇基地に向かって急降下した。艦爆隊は動かぬ目標に対して全弾を命中させた。

攻撃隊長友永大尉は、燃料槽破壊炎上、高角砲陣地破壊、飛行艇基地破壊、飛行場に駐機中のB24全機破壊を打電し、帰路についた。

淵田航空参謀が報告する。

「山口司令官、友永隊長よりの報告です。敵航空基地は壊滅状態にあります」

山口司令官が気になる点を尋ねた。

「敵機動部隊は見つからないか」

「まだ見つかっていません」

その直後だった。高橋通信参謀が青い顔で新たな情報を報告した。

「山口司令官、〇二五〇、ウェーク島から緊急電が発信されました。敵戦爆連合の空襲を受ける。以上であります」

「なんと、米機動部隊はウェーク島攻撃へ向かったのか。三航戦と合流したら、ただちに北上する。我々は真珠湾に戻る米機動部隊に決戦を挑む」

「了解しました」

夕刻になって一航戦は三航戦と合流し、北上を開始した。

4

一〇月二〇日の午後、連合艦隊司令部にウェーク島からの緊急電が入ると、嶋田長官は全参謀を作戦室に招集した。梶原大佐、実松中佐も作戦室に入った。

連合艦隊の全参謀が集合すると、情報参謀中島中佐が緊急電の内容を説明する。

「ウェーク島から本日未明の〇二五〇から一〇五〇まで、数波にわたる米戦爆連合約四〇〇機の空襲、〇九二〇からは戦艦一、駆逐艦数隻による艦砲射撃を受けたとの緊急電が入りました」

参謀長青木少将が首をかしげて言った。

「今日、ウェーク島の日の出は午前三時五〇分頃のはずだ。米軍機は日の出一時間前に来襲したというのか。電探は稼働していなかったのか」

中島中佐は迎撃に関して詳細に報告する。

「電探は〇二四二に来襲する米軍機を捉えました。米軍機の空襲開始までわずか八分でしたが、紫電改二四機が迎撃に飛び立ちました。

紫電改が迎撃した戦闘機は新型のグラマン戦闘機で、苦戦を強いられたようです。空戦で敵戦一二機撃墜したものの、二三機の紫電改を失い、二機は被弾した後に不時着したとあります。ただし、一式陸攻一七機は地上で全滅したようです」

嶋田長官が対策を下令した。

「敵機動部隊は、次にマーシャル諸島方面に来襲する恐れがある。敵機動部隊に備えたクェゼリン方面の対策が必要だ」

常識的な判断であり、対策として間違ってはいない。青木参謀長も賛意を示した。

「了解しました。ただちにその旨を打電します」

機動部隊は原則無線封止で行動する。連合艦隊や第六通信隊は機動部隊の存在を米軍に悟られぬため、電信で一方的に情報を流すだけである。山口司令官は与えられた情報によって状況を判断し、報告せずに行動することが認められている。

翌二一日の午後、再び全参謀が招集された。中島中佐はウェーク島の詳しい状況をわかりやすくまとめて報告した。

「昨日から本日にわたるウェーク島に対する米軍機の空襲は延べ七二〇機に達しました。日本軍の損害は電探二基、二〇センチ砲一基、一二・七センチ高角砲二基、すべての建物焼失、戦死九一名、重傷者六八名を出しました。

なお撃墜した米軍機パイロットの証言によると、米機動部隊は空母エセックス、ヨークタウン、レキシントン、カウペンス、インディペンデンス、ベローウッドの六隻を基幹とする第一四任務部隊で、司令官はモントゴメリー少将とあります」

嶋田長官は今後の見通しについて意見を求めた。

「敵機動部隊の行動から、近い将来に本土が米軍機の空襲を受ける恐れはないか」

これは連合艦隊司令長官として最も恐れている事態だ。誰からも意見は出ない。やむを得ず梶原は自分の意見を述べた。

「現時点で、米機動部隊による本土空襲の恐れはないと思います。昨年四月の東京空襲により、日本軍は太平洋岸に電探を設置し、戦闘機の迎撃訓練を強化しています。こうした状況は米軍も十分に把握していると考えられます」

梶原は、さらに一言つけ加えた。

「これは推測ですが、米機動部隊はこのまま真珠湾に帰投すると思います」

戦務参謀渡辺安次中佐が異議を唱えた。

「梶原中佐、米機動部隊がクェゼリンを空襲する恐れは大である。もしクェゼリンを空襲して無力化できれば、米機動部隊はクェゼリン、ウェーク、南鳥島からの脅威がなくなる。

この状況は、米軍が中部太平洋から進攻する場合の必須条件だ。米機動部隊が、このまま真珠湾へ帰投するという根拠はなにか」

梶原は原則論に立ち戻った話をした。

「米軍の渡洋作戦は、確かに第一歩がマーシャル諸島の攻略である。マーシャル諸島は距離的にハワイや米本土から遠すぎる。マーシャル諸島を攻略するには橋頭保が必要になる。

ギルバート諸島にはマーシャル諸島攻略の橋頭保として相応しい条件が揃っている。日本軍が第三段作戦を島嶼防衛に絞った理由も、ここにある。

米機動部隊は二日間にわたってウェーク島を攻撃した。弾薬や燃料もかなり消費しているはずだ。油槽船は伴っているが、弾薬や糧抹を補給する輸送船は伴っていない。

したがって、米機動部隊は日本軍の攻撃に備えて多少の弾薬と燃料を残し、真珠湾へ帰投するはずである。

クェゼリンの日本軍は強力な戦力を持ち、米機動部隊を発見したら、ただちに反撃できる。米機動部隊がクェゼリンを攻撃し、無力化できればいいが、日本軍は強大な戦力で待ち構えており、空襲を行う危険は避けると思う。

だから、米機動部隊はクェゼリンに手を出さず真珠湾へ帰投すると判断する」

渡辺中佐は反論しなかった。これを見て、梶原はさらに意見を述べた。

「米機動部隊の行動から、すでに米軍の中部太平洋攻略作戦は始まっていると考えられる。今こそ、特型潜水艦によるシアトルのビュージェット・サウンド、カリフォルニアのサンディエゴ、それにパナマ運河を破壊する時期だと思う」

梶原の意見によって、作戦室で侃々諤々《かんかんがくがく》の議論が数時間も続いた。

嶋田長官は情報を総合判断した結果、米機動部隊はクェゼリン空襲の意図なしと判断した。

連合艦隊は電令作七一七号をもって、機動部隊に対してＺ作戦第二法による警戒態勢となる出撃基地のブラウン環礁への入泊待機を下令した。

そして、第六艦隊に特型潜水艦出撃、第八艦隊にフィジー、サモア空襲を下令した。

「ウェーク島攻撃の機動部隊は、一隻の損害も出さずに真珠湾へ戻った。ハウランド島、ベーカー島、カントン島が日本軍の攻撃で壊滅状態に陥ったが、第五艦隊はなにごともなかったかのように粛々と作戦準備を進めている」

スプルーアンス中将の副官バーバー大尉は、時折日本軍の反撃を受けるが、ガルバニック作戦はなんの障害も受けず、計画通りに進捗しているのを不思議に感じていた。

スプルーアンス司令官は、真珠湾に集結したパウノール少将指揮下の空母機動部隊を四つの機動群に分け、これを総称して第五〇機動部隊と呼んだ。

第一群は邀撃空母部隊で、パウノール少将直率の正規空母レキシントン、ヨークタウン、軽空母カウペンス、戦艦マサチューセッツ、アラバマ、サウスダコタ、駆逐艦ニコラス、テーラー、ラパレット、パファラード、キッド、チャンシーの戦力である。

第一群は作戦期間中に日本の機動部隊が反撃に出てきたら、これを撃退して打ち負かす任務を負う。パウノール少将はレキシントンに将旗を掲げた。

第二群は北部空母部隊で、ラドフォード少将指揮の正規空母イントレビット、軽空母ベローウッド、モンテレー、戦艦三、駆逐艦六の戦力である。

北部攻略部隊はターナー少将が全部隊を指揮する第五二任務部隊で、マキン島を占領する任務はラルフ・C・スミス少将の率いる第二七歩兵師団が負う。第二群はこの北部攻略部隊を攻撃しようとする日本軍を撃退し、安全を確保する。

第三群は南部空母部隊で、モントゴメリー少将指揮の正規空母エセックス、バンカーヒル、軽空母インディペンデンス、重巡洋艦三、駆逐艦五の戦力である。

南部攻略部隊はヒル少将指揮下の第五三任務部隊で、ジュリアン・C・スミス少将率いる第二海兵師団がタラワ島を占領する。第三群はこの南部攻略部隊を日本軍の攻撃から守る任務を負う。

第四群は救助空母部隊で、シャーマン少将指揮の正規空母サラトガ、軽空母プリンストン、重巡洋艦三、駆逐艦五の戦力を有する。第四群は日本軍の攻撃を受け、不利な状況に追い込まれた部隊を救助する任務を負う遊撃部隊である。

これらの正規空母は、サラトガを除き新鋭のエセックス級で、F6Fヘルキャット戦闘機三八機、SBDドーントレス爆撃機二八機、TBFアベンジャー雷撃機一八機を搭載して出撃する。

軽空母は建造途中のクリーブランド級軽巡の船体を利用し、空母に設計を改めて就役したもので、F6Fヘルキャット戦闘機二四機、TBFアベンジャー雷撃機九機を搭載して出撃する。

「一一月二〇日のDデイを前に、ガルバニック作戦は何があっても後戻りできないところまできている。不安は微塵も感じないのかな」

本職が弁護士のバーバー大尉は、作戦の進み具合を市民の目から見ると、奇妙で複雑な思いがしてならなかった。しかし、このような思いが一瞬で氷解する日がやってきた。

一一月二日になった。バーバー大尉は、基地航空部隊司令官フーバー少将名で発信された電文を手に、今さらながらアメリカ工業の実力に驚かざるを得なかった。

「一一月一日からヘイル少将の陸軍飛行隊が、ギルバート諸島への爆撃を始めたのか」

日本海軍の攻撃により、ハウランド島、ベーカー島、カントン島の航空基地は壊滅状態に陥った。その航空基地がわずか一〇日間で、攻撃を受ける前の戦力を回復させ、ギルバート諸島への空爆を再開したというのだ。

司令官室に入ると、司令官スプルーアンス少将と参謀長ムーア大佐が談笑していた。

ムーア大佐は作戦計画をまとめるときの過労が原因で体調を崩した。通常の生活に戻ると、一〇日ほどで元気を取り戻した。

ストレスから解放されたのか、最近のスプルーアンス司令官は機嫌がいい。

「どうした、バーバー大尉。緊急事態でも起きたのか」

司令官のほうから声をかけてきた。

「スプルーアンス司令官、陸軍第七航空部隊は一日夜からB24爆撃機によるタラワ空爆を再開しました。報告によれば、連日の航空偵察で日本軍の様子を探り、早くも今月一日からB24爆撃機一七機でタラワを爆撃したようです」

B24リベレーターは全備重量が三〇トン近くもあり、航続距離五九六〇キロ、爆弾搭載量四トン、最高速度時速四七五キロの四発大型爆撃機だ。

アメリカ本土からハワイ、パルミラ島を経由すれば、B24はハウランド島、ベーカー島、カントン島へ飛行できる。陸軍は連日二〇機ほどのB24をこれらの基地に空輸している。

コンソリデーテッド社は、大型爆撃機B24リベレーターを終戦までに一万八二〇〇機も生産する。これはB17爆撃機の一万三〇〇〇機を大きく上回る。日本やドイツではとうてい達成できない数字だ。

日本軍が一〇〇機程度の損害を与えても、アメリカの工業力は容易に戦力を回復できる力がある。

バーバー大尉は、多少の損害にも動じない軍人の気持ちがわかったような気がした。スプルーアンス司令官もムーア参謀長も、当然という表情でバーバー大尉の報告を聞いている。バーバー大尉は拍子抜けしてしまった。

スプルーアンス司令官は、バーバー大尉の報告とは関係のない話を始めた。

「君の報告はわかった。ところで、私は艦に乗って中部太平洋の戦場へ向かうつもりでいる。その準備を頼みたい」

「了解しました。旗艦に相応しい艦を探します」

バーバーは、第五艦隊司令官の旗艦なら新造の戦艦が相応しいと考えた。この八月一六日に竣工し、真珠湾に回航されて来たばかりの戦艦アラバマこそが旗艦に相応しいと思った。

スプルーアンス司令官は、バーバーの思惑を察知したかのように言った。

「旗艦は、空母と同じ速さで行動できること、護衛艦を伴わずに単独で行動できること、自衛のための強力な武装を備えていること、燃料の補給を受けずに長距離の航海が可能なこと、旗艦として十分な通信設備を備えていること。バーバー大尉、このような艦を探してくれないかね」

バーバーはスプルーアンス司令官の考えに共感した。バーバーが選んだのは、建造から一二年も経過した巡洋艦インディアナポリスであった。

インディアナポリスは巡洋艦戦隊の旗艦として建造された艦で、司令官の幕僚がせいぜい四、五名しか乗り込めるスペースはない。スプルーアンス司令官の幕僚は三二名もいる。

大急ぎで工事が始まった。司令官室を作戦室に作り替える。大工が乗り込み、立ち机を運び入れ、壁に大きな作戦図を貼る板を取り付けた。

作戦図には第五艦隊の全艦艇と、判明しているすべての日本軍の位置を表示できる海図を取り付けた。海図には刻々と変化する戦況を記入できる工夫をした。作戦期間中は、当直の予備士官が二四時間休むことなく海図に最新の戦況を記入することになる。

五日の午前九時、スプルーアンス司令官は旗艦としての設備工事が完了した巡洋艦インディアナポリスに、青地に白い星を三つ染め抜いた中将旗を檣頭高く掲げた。

これにより、全艦艇にまもなくスプルーアンス司令官が第五艦隊を率いて戦場へ向かうことを知らせる。

六日になると、速度の遅い船が数隻ずつ真珠湾を出て行く姿が見られた。

八日午前九時、パウノール少将率いる第五〇機動部隊第一群が空母レキシントン、ヨークタウン、カウペンスの順に真珠湾を出港した。第一群に続いて第二群、第三群、そして第四群が出港して行った。

九日にはガルバニック作戦を聞きつけた大勢の新聞記者が、スプルーアンス司令官のもとに押し寄せた。新聞記者を追い払うのはバーバー大尉の仕事である。嘘を交え、バーバーはようやく新聞記者を追い返した。

一〇日午前九時、スプルーアンス司令官は巡洋艦インディアナポリスに座乗し、第五艦隊の主力を率いて真珠湾を出港した。

米海軍の渡洋作戦、日本海軍の漸減邀撃作戦がまさに激突しようとしていた。

第6章　激突！

1

ブラウン環礁は南北約三八キロ、東西約三四キロの円形をしている。北方のエンゲビ島と南方のエニウェトク島に飛行場があり、機動部隊の全艦艇が停泊できる広さの海域が浚渫《しゅんせつ》され、第二陣地として必要な設備も整えられた。

ブラウン環礁には工作船明石、鳴門や輸送船、油槽船が待機し、機動部隊が戻るのを待っていた。不具合のある艦はすぐに修理が施され、燃料や糧抹も補給された。次の出撃で機動部隊と行動をともにする油槽船も交代する。

機動部隊がブラウン環礁の泊地に投錨しても、航空部隊は次の出撃に備えて訓練に励んだ。

一一月八日（ハワイ時間九日）、空母筑波の作戦室に高橋通信参謀が勢いよく飛び込んできた。

「山口司令官、第六通信隊司令の緊急電です。米空母機動部隊の出撃を諜知せりとあります。通信量はこれまでになく大規模で活発だと報告しています。

戦艦大和からも、ハワイ周辺で交わされている空母の無線電話を傍受したと知らせてきました」

戦艦大和は海軍一優秀とされる通信設備と隊員

を備えている。米機動部隊が交わす微弱な電波の無線電話を傍受したというのだ。これ以上確かなことはない。

淵田中佐は自分の思いを口にした。

「山口司令官、ついに米太平洋艦隊の主力部隊が出動したと考えます。これまでの空襲などではなく、中部太平洋を攻略する作戦を発動したのでしょう」

参謀長矢野少将も淵田の意見に賛成する。

「クェゼリンの第六通信隊、それに戦艦大和の通信傍受で米空母機動部隊の真珠湾出撃を探知しました。米軍の攻略目標は、中部太平洋のどこかであるのは間違いないと思います。いよいよ我が機動部隊も出撃すべき時期が来たと思います」

山口司令官が判断を下した。

「矢野参謀長、米海軍主力部隊の出動はマーシャル諸島攻略の前段階となる橋頭保確保であろう。となれば、米海軍の標的はギルバート諸島の占領と判断する。

機動部隊は、今度こそ米機動部隊との決戦に挑み、決着をつける。機動部隊は出港準備が整い次第、ギルバート諸島へ向けて出撃する」

矢野少将は山口中将の迫力に押されるように答えた。

「了解しました。ただちに全軍へ向け、出撃を下令します」

機動部隊の狙いは、当然ながら米機動部隊を全力で奇襲攻撃することにある。山口司令官は機動部隊の位置を秘匿するため、クサイエ島沖合からナウル島北方海域へと南下し、タラワ島西方海域へ進む航路を指示した。

航路の距離は約一五〇〇キロだ。ハワイからギルバート諸島までは約三六〇〇キロ、地の利は日本軍にある。

機動部隊はブラウン環礁を出港すると航空戦隊ごとに輪形陣を作り、訓練を重ねながら南下する。

一七日未明、機動部隊は東経一七〇度、北緯一度三〇分、タラワ西方一八〇海里（約三三四キロ）の海域に達した。

淵田中佐はギルバート諸島やマーシャル諸島から発信される電文を見て、機動部隊同士の決戦が近いと感じた。

「山口司令官、一四日以降、米軍は連日七〇機以上のB24がタラワ、マキン、マロエラップ、ヤルートを空襲しています。この状況から、数日のうちに米機動部隊がギルバート諸島近くに現れると思います」

山口司令官は冷静な表情で答える。

「ここの海域で遊弋《ゆうよく》しながら米機動部隊の出現を待つ。米機動部隊を発見したら、間をおかず出撃できる態勢を維持せよ。一刻遅れれば、それだけ敵から先制攻撃される恐れが高まる」

「はい。十分な備えをして米機動部隊を待ちます」

空母筑波の飛行甲板からは、次々と彩雲が偵察飛行へ飛び立って行く。さらに各空母から四機ずつ上空直援の紫電改が飛び立つ。

機動部隊は、臨戦態勢を続けながら米機動部隊の出現を待つのだ。

第一一航空艦隊は司令部付属として、一六機の彩雲艦偵で編成される第一五一航空隊を有する。タラワにはこのうちの二個小隊六機が配属されていた。

一九日（ハワイ時間一八日）夜明け前、第一小隊の彩雲三機が偵察飛行に飛び立とうとしていた。

搭乗員は一番機操縦酒井上飛曹、偵察古尾谷輝造飛曹長、電信石井三郎三飛曹、二番機操縦吉田英一一飛曹、偵察高橋勲上飛曹、電信坂本敏二飛曹、三番機操縦西山晃雄二飛曹、偵察柴山三勇上飛曹、電信吉田保雄三飛曹だ。

　東の空がうっすら明るくなってきた。指揮所前に搭乗員が集合すると、小隊長古尾谷飛曹長が注意事項を説明する。

「本日の偵察飛行に関してである。偵察線の進出距離は三〇〇海里。一番機は往路方位一五〇度、復路は方位九〇度である。二番機往路方位二一〇度、復路方位一五〇度、三番機往路方位二七〇度、復路方位二一〇度とする。

　敵機動部隊を発見したら、何が起ころうとも敵の位置を報告せよ。長波の輻射《ふくしゃ》を忘れるな」

　古尾谷飛曹長の簡単な説明が終わった。

　今朝は東から四メートルの風が吹いている。飛行場は長さ一四〇〇メートル、幅六〇メートルの滑走路が東西に延びている。

　夜明け直前、三番機の操縦員西山二飛曹は滑走路の西端の発進位置で機体を止めた。

「よし、行け」

　機長柴山上飛曹が西山二飛曹に発進を告げた。

　西山二飛曹は飛行場を飛び立つと、高度を上げながら一度、大きくタラワ礁湖上空を一周する。

　その後で真方位二七〇度の捜索線についた。

「北方は雲が多いな。西のほうにもところどころ雲がある。南方は快晴に近い。この様子だと、午後にはスコールが来るかな」

　そのときだった。電信員の吉田三飛曹が大声を出した。

「右前方、浮上敵潜水艦！」

　柴山上飛曹が双眼鏡で確認する。

「でかい潜水艦だな。あれはノーチラス号かもしれないぞ」

　あとでわかったことだが、米軍は潜水艦ノーチラス号をタラワ島の西方二〇海里に配置していた。

柴山上飛曹の言葉は当てずっぽうではなかった。

柴山上飛曹は潜水艦の位置を計算し、吉田三飛曹に打電させた。

「吉田、打電しろ。出発点よりの方位二七〇度、距離二〇海里、敵浮上潜水艦見ゆ」

「了解！」

吉田三飛曹は電信キーを叩いて敵浮上潜水艦の位置を報告した。その直後だった。柴山上飛曹が双眼鏡で海上を観測していると、突然のように戦艦と空母の姿が見えた。

柴山上飛曹が怒鳴った。

「右前方、敵艦隊一〇隻以上！　吉田、すぐに打電しろ」

吉田三飛曹は、ただちに『敵らしきもの一〇隻見ゆ、タラワより方位二七〇、距離五〇海里、針路五度、速力一四、〇三三八』を打電した。

現地時間午前六時三八分、タラワと日本との時間差は三時間、日本時間午前三時三八分である。

「こんな近くに来るなんて、我が軍も舐《な》められたものだ。西山、敵艦隊へ近づけ」

さらに五分ほど敵艦隊に近づいた。

「空母三、戦艦三、駆逐艦六だ！」

柴山上飛曹が怒鳴った。

「吉田、敵艦隊の戦力を打電しろ。長波を輻射しろ」

今度は吉田三飛曹が電信を打ちながら怒鳴った。

「後方にグラマン二機、撃って来る！」

西山二飛曹はスロットルを全開にすると、南方へと針路を変えて逃げた。彩雲の速度性能は高く、グラマン戦闘機を余裕で引き離して逃げ切った。

「またもや敵艦隊だ」

グラマンを振り切り、針路を元の二七〇度へ戻そうとしたときだった。突然、目の前の海面に再び米機動部隊の艦船が見えた。

「敵機動部隊だ。空母三、重巡三、駆逐艦五だ」

柴山上飛曹が怒鳴った。

「吉田、電信だ。ベティオ島より方位二五〇度、距離七〇海里、別の敵機動部隊発見。戦力空母三、重巡三、駆逐艦五、針路三五〇、速力一四ノット。平文で早く打て」

吉田三飛曹は後方を見ながら、同じ電文を三度繰り返し打った。


現地時間午前六時四〇分、山口司令官は空母筑波の艦橋で前方を見たまま動かない。淵田はその様子を見て、山口司令官は何かの思いにひたっていると思った。

そのとき、高橋通信参謀が勢いよく艦橋に上ってきた。

「山口司令官、タラワを飛び立った艦偵からの緊急電です。二群に分かれた米空母機動部隊を発見しました」

高橋通信参謀が息を整えて報告する。

「一群はタラワの方位二七〇度、距離五〇海里に空母三、戦艦三、駆逐艦六。もう一群はタラワの方位二五〇度、距離七〇海里に空母三、重巡三、駆逐艦五とあります」

山口司令官の目が光ったような気がした。山口司令官は瞬時に下令した。

「初めの一群をAとする、次の一群をBとする。一航戦はA、二航戦はB、三航戦はA、四航戦はBをただちに攻撃せよ。航空戦隊ごとに絶え間なく敵機動部隊を攻撃せよ」

空母筑波は臨戦態勢にある。格納甲板では、彗星艦爆が五〇番通常弾、天山艦攻が魚雷を搭載して待機している。

三基ある昇降機が次々と紫電改、彗星艦爆、天山艦攻を飛行甲板に上げ、攻撃隊の発艦準備が進められて行く。

午前七時三〇分少し前、飛行甲板を見ると攻撃隊の発進準備が整い、搭乗員がそれぞれの愛機に乗り込む様子が見えた。

筑波は風速三メートルの北東の風に艦首を向け、速力を二二ノットに上げた。

午前七時三二分、筑波の甲板士官芝山末男大尉が白旗を振り下ろした。紫電改一番機の板谷茂少佐機が飛び立って行く。

六〇一空は司令天谷孝久中佐、艦攻飛行隊長楠美正少佐、艦爆飛行隊長江草隆繁少佐、艦戦飛行隊長板谷茂少佐である。

空母筑波、阿蘇、葛城、鞍馬を飛び立った天山艦攻三六機、彗星艦爆三六機、紫電改戦闘機六四機がそれぞれの飛行隊長に率いられ、上空を旋回している。

午前七時五〇分、楠美少佐機が二度バンクすると針路を東へ向けた。

「行ったな」

山口司令官は口癖のように言った。

飛行甲板には早くも第二次攻撃隊の航空機が並べられて行く。

「航空参謀、攻撃計画は?」

「はい、第一次攻撃隊です。二航戦からは六五二空の紫電改五六機、彗星三六機、天山三六機が米軍のBへ向かっています。三航戦の六五三空は紫電改五六機、彗星三六機、天山三六機で六〇一空の後方を米軍のAへ向かっています。

さらに四航戦の六三四空も、紫電改五六機、彗星三六機、天山三六機で六五二空の後方を米軍のBへ向かっています」

「第一次攻撃隊は二波になって米機動部隊を攻撃するのだな」

「その通りです。まもなく第二次攻撃隊が出撃します。戦力は第一次攻撃隊と同じです。

一航戦と三航戦は米軍のAを、二航戦と四航戦は米軍のBを攻撃します。米軍の各機動部隊を四波にわたって攻撃します。

さらに、帰投した第一次攻撃隊は第三次攻撃隊に、第二次攻撃隊は第四次攻撃隊となって再び米機動部隊を攻撃します」

山口司令官は満足そうにうなずいた。

そのとき、高橋通信参謀が電文を持って現れた。

「山口司令官、タラワからです。早朝より戦爆連合の米空母艦載機一五〇機以上の攻撃を受ける。マキンからも米空母艦載機五〇機以上の攻撃を受ける。ナウルからも米空母艦載機五〇機以上の攻撃を受けるとあります」

山口司令官が反応を見せた。

「ナウルからだと。米機動部隊はナウル方面に、もう一群いる。航空参謀、ナウル方面の偵察を強化するように」

「了解しました」

淵田はただちに六〇一空司令天谷中佐と協議に入った。

2

第一次攻撃隊の筑波艦爆隊は、第一小隊一番機操縦江草隆繁少佐、偵察石井樹飛曹長、二番機操縦篠原一男上飛曹、偵察小坂博司一飛曹、三番機操縦坂井秀男三飛曹、偵察山口武市三飛曹、第二小隊一番機操縦近藤武憲大尉、偵察前田孝飛曹長、二番機操縦中尾信通一飛曹、偵察岡村栄光一飛曹、三番機操縦関政男一飛兵、偵察田中国男一飛兵、第三小隊一番機操縦今泉保上飛曹、偵察敷馬理平一飛曹、二番機操縦土屋孝美一飛曹、偵察江上早太二飛曹、三番機操縦小泉直二飛曹、偵察荻原義明二飛曹の九機である。

艦爆一番機江草少佐機が、いつものように危なげなく発艦して行く。次は二番機の発艦だ。

篠原上飛曹はスロットルを少し押して、発艦位置へと機体を進める。スロットルを押し込み、力一杯踏みこんでいた制動機を放した。

彗星艦爆は初めゆっくりと、そして急激に加速し、飛行甲板を蹴るように離艦した。

上空では、四隻の空母を飛び立った六四機の紫電改が艦隊上空を旋回している。その下方で彗星艦爆が編隊を組み始めた。

紫電改六四機、彗星艦爆三六機、天山艦攻三六機が堂々たる編隊を組み終えた。

楠美少佐機が二度バンクし、針路を八五度に向けた。米機動部隊が北上しているという予想での針路である。

「敵さえ発見できれば、必ずや爆弾を命中させてみせる」

篠原は昭和一三年四月一日に、甲種予科練二期生となった。昭和一四年一〇月一日に空母赤城の乗組員となり、多くの作戦に従事してきた。篠原はこれまで一度も標的を外した記憶がない。

午前八時三五分、筑波を飛び立って一時間が過ぎた。

「うん、敵戦闘機か!」

前方に四〇機ほどの機影が見える。紫電改の半数が機影に向かって突入して行く。

小坂一飛曹は偵察席で、双眼鏡を取り出して様子を見る。

「機長、前方で空中戦が始まった!」

小坂一飛曹が興奮しながら叫んだ。遠くからでも紫電改がグラマン戦闘機を圧倒していることがわかる。

紫電改の第一撃で、グラマン戦闘機の半数近くが火を吹いた。数機のグラマンが急降下で逃げる。

三分が経過した。

「いた。敵機動部隊だ！　右手前方、敵空母機動部隊だ。空母三、戦艦三、駆逐艦六が輪形陣を作っている」

小坂一飛曹が興奮しながら大声をあげた。篠原も敵機動部隊をはっきり識別した。

「よし、俺も確認した」

「空母のみを狙え。一航戦は左の空母、三航戦は右の空母、突入せよ！」

楠美少佐から突入命令が発せられた。

高度三五〇〇、江草少佐機は艦爆隊を射点へと誘導する。三航戦の攻撃隊は二キロ先の空母へと向かって行く。

「後方にグラマン、突っ込んで来る」

「来たか！」

急降下で逃げたグラマンか。篠原は全空を見渡した。一〇機ほどのグラマンが虎視眈々と彗星艦爆隊を狙っている。

「小坂、グラマンが狙っている。グラマンが近づいたら知らせろ」

すぐに小坂が叫んだ。

「右後方、グラマン二機、突っ込んでくる！」

江草少佐機が機体を横滑りさせた。

「このままではグラマンに食われるだけだ。一旦、グラマンを避けるぞ」

江草少佐は敵戦をかわし、態勢を立て直してから射点につくつもりだ。

「あっ、坂井三飛曹機が！」

横滑りは間に合わなかった。グラマン戦闘機が右後方を飛ぶ坂井三飛曹機の動きに合わせ、射撃を繰り返す。

坂井三飛曹機はグラマンの二連射目で火に包まれた。坂井三飛曹が操縦席から手を振って別れを告げる。

「脱出しろ！」

江草少佐が怒鳴った。江草少佐の声もむなしく、火に包まれながら落ちて行く坂井三飛曹機が爆発して砕け散った。

「グラマン、撃って来る！」

小坂が怒鳴った。機体に軽いショックが走った。右翼から白煙が吹き出した。

「後方に紫電改四機！」

紫電改二機が少し遠い位置からグラマンに射撃した。グラマンは左急旋回し、急降下で逃げだした。紫電改二機がその後を追う。

小坂が怒鳴る。

「一機やっつけた！」

二機の紫電改が近寄って来た。篠原が面倒を見ている甲種予科練四期出身の大西俊夫一飛曹と長井泉一飛曹だ。二人は機体を近づけ、笑顔を見せている。

今度は海上から猛烈な対空砲火が襲ってきた。

「小坂、坂井三飛曹と山口三飛曹のためにも必ず当てるからな」

篠原は決意を新たに叫んだ。

彗星艦爆隊は態勢を立て直し、ようやく降下突入地点に達した。

空母を護衛する戦艦、駆逐艦が雨霰《あめあられ》のごとく凄まじい対空砲火が撃ち上げてくる。これまで見たことのない激しさだ。

「凄いな。こんな対空砲火は初めてだ」

江草少佐機が左真横の敵空母に向かって急降下に入った。篠原もその後方をしっかりと急降下する。凄まじい対空砲火だ。

「八〇〇、七〇〇、六〇〇、五〇〇！」

小坂は声を張り上げ、高度計を読みとる。

「テーッ！」

小坂が叫んだ。篠原は爆弾投下索を引き、同時に歯を食いしばって操縦桿を引く。

「当たった！　機長、敵空母に命中した」

篠原は、水平飛行に戻ったところで敵空母を振り返った。敵空母から二本の火柱があがっていた。

「敵空母、火災発生！　また当たったあー」

数発の爆弾が敵空母の飛行甲板で次々と炸裂した。筑波の艦爆隊は九機のうち三機が投下前に失われ、六機が投下した五〇〇キロ爆弾は四発が命中した。搭乗員の技量は確かだった。

篠原は戦場全体を見渡した。三隻の空母は火災に包まれ、飛行甲板が下からめくれあがり、大きな穴があいている。

「敵空母は航空機の発着艦が不可能になった。だが、爆弾だけでは撃沈できない」

篠原は艦攻隊の魚雷命中を祈った。そのとき、小坂が叫んだ。

「魚雷命中！」

今度は空母から魚雷命中を示す大きな水柱が立ち昇った。敵空母は停止し、少しずつ右へ傾いて行くように見える。

「帰投する」

楠美少佐の声がした。篠原はそのときになって、ようやく敵戦の銃撃で燃料が白く吹き出している右翼に気づいた。

「小坂、やられたのは右翼だけか」

小坂は機体の右側と左側にも穴があいていると言う。対空砲火であろうか。篠原は燃料計を確認した。

「ぎりぎり帰投できるかな」

篠原は燃料コックを右側へ切り替えた。タンクが空になるまで右翼の燃料で飛び、少しでも燃料を節約し、何がなんでも機体を母艦まで持って帰るつもりである。

3

第四潜水戦隊司令官原田覚少将は、米軍の進攻作戦はギルバート諸島攻略から始まるとの情報により司令部をタラワに置く決定をした。

だがタラワのベティオ島には、海軍第三特別根拠地隊司令官柴崎恵次少将指揮下のもと、第六横須賀海軍特別陸戦隊、第七佐世保海軍特別陸戦隊、第一一一設営隊が駐屯している。さらに、飛行場は第二二航空戦隊の航空部隊が駐屯している。

そこで原田司令官は、やむを得ずタラワ島近くのテチョー島に司令部を置いた。テチョー島は電探基地の島でもあり、通信施設は充実している。

そして、潜高小型剣龍四隻で編成される第一剣龍隊、特殊潜航艇蛟龍一〇艇で編成される第一蛟龍隊の基地を建設した。基地は上空から判別できないようにカモフラージュされている。

「先任参謀、タラワを飛び立った彩雲偵察機が、タラワより方位二七〇度、距離五〇海里の海域で米機動部隊を発見しました」

現地時間午前六時五〇分、参謀川島立夫大尉は先任参謀竹内仁司中佐へ首をかしげながら静かに報告した。川島大尉は潜水学校の教官だったが、自ら志願して第四潜水戦隊参謀に就任している。

「なんだと。すぐ近くではないか。戦力はわかるか」

「空母三、戦艦三、駆逐艦六とあります」

これを聞いた上別府宣紀大尉が大声で言った。

「剣龍にとっては千載一遇の攻撃機会だ。ただちに出撃させて下さい」

上別府大尉は剣龍隊を率いる先任艦長だ。

「待って下さい。別の機動部隊もいるようです。ベティオ島より方位二五〇度、距離七〇海里、空母三、重巡三、駆逐艦五とあります」

原田司令官が顔を見せた。

「機動部隊を追いかけての攻撃は難しい。会敵できないかもしれない。有効なのは待ち伏せ攻撃なのだが」

原田司令官は攻撃を躊躇《ちゅうちょ》するような言い方をした。

「司令官、会敵できないかもしれませんが、敵艦隊へ向かって出撃すべきと思います。万が一の場合もあります」

川島大尉は作戦担当でもある。出撃を主張した。先任参謀竹内中佐、水雷参謀鳥巣建之助少佐も出撃を主張した。

「わかった。上別府大尉、剣龍隊を率いて敵機動部隊へ向かってくれ」

「はっ。ただちに敵機動部隊攻撃に向かいます」

タラワからは戦爆連合による敵艦載機の大規模攻撃を受けるとの緊急電が、次々と発信されてくる。

第一剣龍隊の剣龍一〇一、剣龍一〇二、剣龍一〇三、剣龍一〇四の四隻は一四ノットのシュノーケル航行で、タラワ島の西方海域へと急ぐ。無線電話の空中線を海面上に出し、相互に連絡を取りながらの航行だ。

「上別府艦長、北方海域から英語の乱れた通信会話が多数聞こえます」

青柳吉郎上等兵曹が耳から短波通信の受話器を外して言った。

「英語だと。我が機動部隊が敵機動部隊を攻撃しているのかもしれない。これは、攻撃の機会が大きくなったぞ」

上別府大尉は期待をふくらませるように言う。

「艦長、北方海域に音源多数」

今度は藤井正雄上等兵曹が報告した。

「わかった。小坂上機曹、ゆっくり近づけ。我が軍の攻撃が終わってから攻撃する」

「了解しました」

小坂直行上等機関兵曹は機関の出力を下げ、速度を落とした。

上別府大尉は後続の剣龍一〇二（艦長大河信義大尉）、剣龍一〇三（艦長唐司定尚中尉）、剣龍一〇四（艦長河本猛七郎少尉）に超短波無線電話で指示を与える。

「味方機動部隊が敵機動部隊を攻撃中である。これより米機動部隊へとゆっくり忍び寄り、攻撃態勢に入る。各艦、焦らず標的を選び、攻撃せよ」

上別府大尉は潜望鏡で海面の様子を探る。

「前方五〇〇〇、高速スクリュー音、近づいてくる。スクリュー二つの小型艦二、駆逐艦らしい」

藤井上曹が高ぶった声で報告する。

見つかったのか。誰もが緊張する。上別府は潜望鏡を降ろして様子を見る。

「米軍の電探は我が軍の電探より性能がいいらしい。それでも剣龍の小さな潜望鏡や、直径一センチにも満たない超短波無線電話の空中線は探知できないはずだ」

上別府大尉は教わった知識を活用して状況を考える。電動機が停止しても、自動懸吊《けんちょう》装置のおかげで剣龍一〇一は揺れがなく、安定した姿勢を保っている。聴音器はしっかり音源を捉えている。

「音源、遠ざかりまーす」

藤井上曹が今度は落ち着いた声で報告する。

三〇分後、再び潜望鏡を上げる。水平線上に煙を吐いている巨大な艦が見えた。

長い甲板に突き出た艦橋は空母に間違いない。

「距離八〇〇〇に敵空母、煙を吐き、停止している。これをやる。微速前進」

全員が無口のまま引き締まった顔に変わる。

微速で敵空母を正面に捉えた。敵空母は巨体を真横にさらしている。

「的速零ノット。方位角零度。距離七五〇〇。照準角零度」

方位盤に目標の諸元を入力した。剣龍の魚雷発射管は二門だ。入力した諸元は、自動的に発射管の魚雷にも転送され、調定される。

距離七五〇〇と少し遠いが、標的は停止した巨体だ。雷速四五ノットで確実に魚雷を命中させられる。

「魚雷、発射準備完了！」

上別府は潜望鏡を水面上に三〇センチほど覗かせた。空母は停止したままで、駆逐艦が横付けして放水している様子が見えた。

上別府は潜望鏡の十文字に敵空母を入れ、発射ボタンを押した。

「発射！」

心地よい圧搾空気の音がして、二本の九五式五三センチ酸素魚雷が発射された。

「爆雷防御、深度一〇〇、右九〇度、微速前進、急げ！」

上別府は矢継ぎ早に号令をかけた。

艦内は静寂に包まれ、魚雷命中までの時間を計測する時計のみが動いている。

深度一〇〇で水平航行に移り、十数秒が経過したとき、大きな乾いた音響が連続して二度響いた。

「二本とも命中だ！」

艦内に歓声があがった。

「敵艦、近づく！」

藤井上曹がうわずった声で言った。

「推進音、近づく。感度二。さらに近づく、感度三、感度四、感度五。爆雷投下した！」

二度三度と爆雷が爆発するたびに、艦が上下左右に激しく揺れる。

「大丈夫だ。見つかっていない」

微速三ノットのまま、敵の針路から九〇度、直角の針路で逃げる。

「敵艦、遠のいていきます」

三〇分ほど過ぎた。すると、空母が沈む独特の音が聞こえた。

それから五時間、周囲の海域が静かになった。

「潜望鏡深度！」

上別府は潜望鏡を上げ、ゆっくりと潜望鏡をひとまわりさせた。どこにも敵艦の姿は見えない。

上別府は胸をなで下ろした。

「これより帰投する」

一一月上旬、第一陣地は第二六航空戦隊に代わって第二二航空戦隊が配置についた。

第二二航空戦隊は司令官酒巻宗孝少将、首席参謀松浦五郎中佐で第二〇一航空隊、第三三一航空隊、第七五一航空隊で編成されている。

第七五一航空隊は連山大攻三六機を有するが、二個中隊一八機は桜花一一型を搭載する機体で、別名桜花戦隊とも呼ばれている。桜花戦隊は第一中隊長野中五郎大尉、第二中隊長大場良夫大尉である。

桜花戦隊は米機動部隊発見の報に接すると、ただちにクェゼリンを飛び立ち、現地時間の午前九時二〇分にマロエラップに着陸した。そして、給油と同時に米艦隊に関する最新の詳しい情報を仕入れた。

飛行隊長野中大尉が、全員を前に攻撃計画について説明を始めた。

「情報によれば、早朝にタラワ近辺の海上で米機動部隊を発見し、我が機動部隊が猛烈な攻撃を加え、多大な損害を与えた。

その後の米軍の動きである。マジュロ島の南東に位置するミレ島東方六〇〇海里（約一一〇〇キロ）付近の海域で、米軍からと思われる電信が異常に多く発信されている。

このことから米軍本隊はミレ島東方海上六〇〇海里にあると思われる。これから我が戦隊は米軍本隊の攻撃に向かう。いいか、第一目標は敵輸送船であることを忘れるな」

午前一一時三〇分、第一中隊第一小隊一番機がマロエラップ飛行場を離陸した。

連山の搭乗員は七名だ。正操縦席に座るのは西村清飛曹長、副操縦席は藤谷周覚一飛曹、操縦室一番前の偵察席は井上進一飛曹長、正操縦席の後ろの機長席に野中五郎大尉、副操縦席後ろの通信席には梅田勝明二飛曹が座る。

そして、操縦室の中央に位置する桜花操縦席には細川八郎予備少尉が座る。

連山大攻は桜花一一型を搭載した状態で、高度八〇〇〇メートルでの最高速力時速六〇〇キロ、航続力は高度四〇〇〇メートル、時速三七〇キロで六五〇〇キロ飛べる。

発動機は日立九二型排気タービン過給機付きの誉二四型で、高度一万メートルでも一八五〇馬力を維持できる。

連山とB24は層流翼、動力銃架、排気タービンと同じ基礎技術を用いている。誉発動機と優れた機体設計により、連山が性能的に一世代も進んでいる印象がある。

「野中機長、前方で強い電波が頻繁に発信されています」

梅田二飛曹が米艦隊の通信状況を報告する。

「よし、このまま自動操縦で飛べ」

桜花分隊は飛行間隔を大きく一〇〇メートルに保ち、高度四〇〇〇メートルを自動操縦装置で飛行する。マロエラップを飛び立って三時間、東経一八〇度を超えて西経一七九度に達した。

電探のブラウン管を見ていた偵察員井上飛曹長が大きな声で報告した。

「野中機長、前方七五キロに多数の艦船が映っています」

野中大尉が命じた。

「西村飛曹長、手動操縦に切り替え、高度を一万へ上げろ。細川少尉、敵輸送船の真上から桜花を命中させろ」

「いた。米艦隊だ。五〇隻はいるぞ！」

偵察席で井上飛曹長が叫んだ。

「こちら野中、列機に告ぐ。戦艦や空母に構うな。先頭から順に輸送船だけを狙え。桜花を真上から命中させるのだ」

列機から了解の返事が返ってきた。

「目標まで五分、右に二度修正！」

細川少尉は桜花を操縦するブラウン管を見ながら、西村飛曹長に針路を指示する。

「ようそろー、敵艦を正面に捉えた。よし、いいぞ」

高度一万では高角砲弾も届かないのか、米軍は一発の対空砲火も撃ってこない。

桜花にとっては理想的な攻撃となった。

「よーい、テーッ！」

細川少尉は自らに号令をかけながら桜花発射のボタンを押した。

桜花が機体を離れると、一秒後に噴進薬へ自動的に着火する。細川少尉は、十字の表示が輸送船から外れないように桜花の操縦桿を動かす。

「やった！」

桜花が輸送船に命中し、大きな爆発が起きた。

輸送船は停止し、少しずつ傾いて行く。後続の輸送船にも次々と桜花が命中する。

「よし、このままの高度を維持して帰投する」

桜花分隊は編隊を雁行陣に組み直すと、西へ向かって退避した。

スプルーアンス司令官は巡洋艦インディアナポリスが真珠湾を出港した後も健康のためと、前甲板を一時間から一時間三〇分ほど散歩する。

そして、午後八時になると司令官室のベッドで眠りにつく。

参謀長ムーア大佐はスプルーアンス司令官に代わって多くの仕事をこなさなければならず、長時間労働を強いられる。ムーア大佐は参謀長の仕事が好きなのか、長時間労働を楽しんでいるようにも見える。

スプルーアンス司令官は作戦成功に絶対の自信があるのか、旗艦インディアナポリスに数名の従軍記者と従軍カメラマンを乗艦させる許可を出した。

バーバー大尉にとって最大の仕事は、インディアナポリスに乗り込んでいる彼らへの対応である。彼らはところ構わず、質問を浴びせてくるのだ。

Dデイを二日後に控えた一八日（日本時間一九日）、いよいよ機動部隊による日本軍攻撃が始まった。バーバー大尉は作戦の進行状況を新聞記者に説明する。

「今朝から機動部隊は日本軍陣地への攻撃を始めました。奇襲攻撃を受け、日本軍は暗号を組み立てる余裕がないと見られ、平文で次々と電文を発信しています。その日本語を英語に翻訳した内容を読みあげます。

まずタラワからの第一報です。午前五時五五分、敵戦爆連合艦載機七〇機来襲、これを迎撃するも損害大なり。次の報告です。午前七時四〇分、第二波約一二〇機来襲、味方機ほぼ全滅。

次はマキンからです。午前六時一五分、敵戦爆連合艦載機四〇機来襲、水上機基地ほぼ壊滅する。

午前一〇時二五分、第二波約九四機来襲、対空砲陣地壊滅する。

このように作戦は順調に推移しています」

バーバー大尉は状況を説明しながらも、作戦計画がいかに適切だったか認識せざるを得なかった。

ところが、午前一一時頃から様子が一変した。初めの報告はパウノール少将が指揮する邀撃空母部隊の戦艦アラバマからだった。

「これは！」

空母ヨークタウン、レキシントン、カウペンスの三隻が、日本軍機動部隊の攻撃を受けて炎上中との報告だった。

スプルーアンス司令官はただちに参謀を作戦室に招集した。

「作戦参謀、日本の機動部隊はどこから来たのかね」

スプルーアンスの質問に、作戦参謀フォレステル大佐は戸惑いながら答えた。

「日本軍の動きを監視するため、日本軍の主要基地であるトラック諸島の周囲に潜水艦スレッシャー、アボゴン、コルビナを配置しました。

さらに、トラック諸島の東方東経一五五度の海域に潜水艦スカルピン、シーレブンを二段構えに配置してあります。

ほかにも、クェゼリン周辺の海域にシール、マロエラップ周辺の海域にブランジャ、ヤルート周辺の海域にスペアフィッシュ、ナウル周辺の海域にパッドル、タラワ周辺の海域にノーチラスを配置しました。これらの潜水艦は二四時間態勢で監視を続けています。

いずれの潜水艦からも、日本軍機動部隊発見の報告はありませんでした。これまでの情報から推測すれば、日本軍の機動部隊は本土から出撃したとしか考えられません」

そのとき、新たな情報が寄せられてきた。通信参謀アームストロング中佐が顔をしかめて報告する。

「モントゴメリー少将の南部空母部隊からです。空母エセックス、バンカーヒル、インディペンデンスが日本軍機動部隊の攻撃を受けて炎上中」

スプルーアンス司令官が決心するように言った。

「機動部隊を失っての作戦成功はあり得ない。Dデイを数日延期するのもやむを得ない。さらに状況を正確に把握せよ」

バーバー大尉は、計画通りの作戦遂行は全滅の恐れがあると感じていた。スプルーアンス司令官の決定を正しいと思った。

インディアナポリスの西方七キロには、上陸部隊指揮官ターナー少将が座乗する戦艦ニューメキシコを旗艦とする主力部隊、北部攻略部隊を乗せた輸送船団が航行している。

インディアナポリスがそれまでの一四ノットから八ノットに減速した。すると、当然のように従軍記者がバーバー大尉に質問を浴びせる。

「時間調整でしょう」

バーバー大尉は軽くいなした。

午後三時過ぎ、はるか遠く高度一万以上の上空に飛行機雲が現れた。従軍記者が珍しそうに上空を見上げる。

「小型飛行機が突っ込んで来るぞ！」

従軍記者の誰かが叫んだ。

小型飛行機はそのまま輸送船へ垂直に突っ込み、大爆発を起こした。

「日本人は体当たり攻撃をかけてくるのか」

従軍記者は信じられない光景を目の当たりにして絶句した。その後も小型飛行機が、次々と輸送船へ体当たりして行く。

「困ったな。従軍記者は目の前で起こった出来事をそのまま記事にするに違いない」

バーバー大尉は作戦の失敗を感じた。予想通りスプルーアンス司令官は作戦中止を命じた。

そして、さらなる負い打ちが待っていた。

二二日夜一一時頃、真珠湾へ向かっていたインディアナポリスに悲報が舞い込んだ。バーバー大尉は通信参謀アームストロング中佐が差し出した電文を見て驚いた。

「なんと、ビュージェット・サウンド海軍基地、サンディエゴ海軍基地、パナマ運河が攻撃されたのか」

このような重要な報告はバーバー大尉から報告しなければならない。

「スプルーアンス司令官、パナマ運河が日本軍の誘導爆弾と思われる攻撃を受けて破壊されました。それから……」

「もうたくさんだ！」

バーバー大尉の報告に、スプルーアンス司令官は機嫌が悪いときに見せるように何も言わず、部屋に閉じこもってしまった。

4

アメリカ東部時間一一月二〇日土曜日、大統領補佐官ラザフォードはピンク色の用紙にタイプされた数枚の電文を見て言葉を失った。

リーヒ統合参謀本部議長、ホプキンス大統領首席補佐官は執務室に戻らず、いろいろと駆けずりまわっている。

「ガルバニック作戦が失敗したとは」

電文によれば、第五艦隊は新鋭の大型空母ヨークタウン、レキシントン、エセックス、バンカーヒル、小型空母カウペンス、インディペンデンス、プリンストン、それに艦歴は古いが世界最大の空母サラトガを失った。

そればかりか、巡洋艦と駆逐艦の半数も日本軍によって撃沈されてしまったのだ。

機動部隊で助かった空母は、北部空母部隊のイントレピット、ベローウッド、モンテレーの三隻のみである。

「昨年の一二月は真珠湾が攻撃されて大損害を受けた。今度はギルバート諸島でアメリカの歴史、始まって以来の大損害を被った。

最大の悲劇は、第二七歩兵師団を載せた輸送船のすべてが撃沈され、将兵の半数が戦死したことだ。この人的被害は深刻な問題を引き起こすに違いない」

ラザフォードは、アメリカ国民の間で大きな変化が起きるのではないかと感じざるを得なかった。

二二日月曜日午前七時五〇分、ラザフォードは大統領の談話を前にカクテルルームに入った。

ラザフォードはルーズベルト大統領が読み終えた数種類の朝刊を片づけながら挨拶をした。どの新聞にもガルバニック作戦に関する記事はなかった。

「大統領閣下、おはようございます。まもなく談話の時間となります」

「ああ、そうだね」

ルーズベルト大統領は頭を押さえながら力なく応じた。そして口にした。

「アメリカは民主主義の国だ。アメリカ国民はすべての真実を知る権利がある。ガルバニック作戦の結果についてもだが」

この日の談話はなんとか終えた。

ルーズベルト大統領は一二月一〇日に、議会で開戦二周年の演説を行う予定になっている。

「大統領の様子を見ると、とても演説に耐えられるとは思えない」

ラザフォードの素直な感想であった。

二三日の朝になると、シアトルとサンディエゴから日本軍機の爆撃を受け、住民がパニックに陥ったとの知らせが入ってきた。

ラザフォードは、ルーズベルト大統領がこの難局を乗り切れるのか注目せざるを得なかった。

そして、ルーズベルト大統領に最大の危機が訪れた。そのきっかけは、アトランタで最も伝統ある日刊紙、アトランタ・コンスティチューションが開戦二周年の特集として発刊した一二月七日の朝刊である。

その朝刊に、ジャーナリストとしてアトランタのみならずジョージア州で絶大な人気を誇る、ラルフ・マッギル編集長の『レキシントン乗艦記』が掲載された。マッギルは従軍記者として空母レキシントンへの乗艦を許された一人だ。

マッギルは空母レキシントンが撃沈されたとき、海面を漂流中に駆逐艦ニコラスに救助された。一一月二六日に真珠湾へ戻ると、今度は軍の輸送機でサンフランシスコへ送り届けられた。アトランタに戻ったのは一二月四日である。

記事は、初めに珊瑚海で沈んだ初代レキシントンを簡単に紹介し、次に従軍記者として体験したギルバート海戦の様子が生々しく書かれていた。

「すでに日本軍の急降下爆撃機の攻撃でレキシントンの飛行甲板は大きく破壊され、航空機の発着艦は不可能であった。そこに日本軍の雷撃機九機が来襲した。

雷撃機は海面すれすれ一〇メートルの低空でレキシントンに迫って来る。レキシントンの乗組員は果敢に戦い、そのうちの三機を魚雷発射前に対空砲火で撃墜した。雷撃機は火を吹くと海面に激突し、大きな水柱を立てた。

しかし、残る六機が七〇〇メートルほどの距離から魚雷を発射した。魚雷発射後、退避しようとする雷撃機二機を対空砲火で撃墜した。

レキシントンは、最大スピードで発射された六本の魚雷を次々とかわして行く。それでも三本の魚雷が吸い込まれるように命中した。強い衝撃を受け、レキシントンは停止し、少しずつ右へ傾いて行った。

レキシントンは不死身のように思えた。しばらくすると傾きが止まり、水平になって行く。

上空を見ると、新たな急降下爆撃機が直角に近い角度で突っ込んで来た。投下された爆弾は飛行甲板を撃ち破り、艦内で爆発してレキシントンを阿鼻叫喚の地獄絵図に変えた。

艦内にいた何百人もの乗組員が戦死し、レキシントンはとうとう活動を停止した。

それでもレキシントンが沈むとは思えなかった。ところが、私は海面を見てぞっとした。日本軍の潜水艦が発射したのか、航跡を残さない二本の魚雷が、すぐ近くまで迫っているではないか。

この二本の魚雷が致命傷となった。哀れ、レキシントンの巨体は波間に姿を消した」

記事はこのような内容であった。

アトランタ・コンスティチューション特集号の発刊が契機となり、翌日のワシントン・ポストには従軍記者報告としてギルバート海戦の様子が詳しく載った。

記事によれば、アメリカ軍の戦死者は一万七〇〇〇名以上にのぼるだろうとも書いてあった。

新聞の力は偉大である。翌日、『母親十字軍』と銘打ち、母親の代表者たちが連邦議事堂の前で戦争反対のプラカードを掲げた。

母親たちは戦死した息子の写真を胸に、議事堂の階段にひざまずき、祈りを捧げた。そして、静かにルーズベルトの退陣を求めた。

翌日の新聞はこの様子を写真入りで報道した。ニューヨーク・タイムズにも従軍記者報告と題し、ギルバート海戦の記事が載った。すると、アメリカ第一委員会と名乗る勢力が、マジソン・スクウェア・ガーデンで戦争に抗議する集会を開いた。

一〇日は、ルーズベルト大統領が議会で演説を行う日である。

演説の時間が近づいてくると、ルーズベルト大統領は首の凝《こ》りと頭痛を訴え始めた。

主治医のロス・T・マッキンタイアは、大統領は心労が激しく休養が必要であり、演説は無理だと忠告した。ルーズベルト大統領は演説が終わったら休むと言って、会場の国会議事堂へ向かった。

午後一時になった。大統領が手で頭を押さえながら、ぼそりと口にした。

「ひどい頭痛がする」

その直後、車椅子に前のめりに崩れ込んだ。

「大統領閣下！」

首席補佐官のホプキンスが叫んだ。すぐにとなりの部屋からマッキンタイアが飛び込んで来た。

「安静に。そのまま静かに」

ルーズベルト大統領はゆっくり寝室に運ばれた。医師のハワード・J・ブリュン博士が呼ばれた。

ブリュン博士が首を振りながら言う。

「大統領は極度の心労が続いたため、脳障害がいっそう悪化しています。休養が必要です。おそらく、このまま意識は戻らないでしょう。副大統領を呼ぶべきです」

ブリュン博士は大統領の万が一に備えるべきだと忠告した。

妻のアンナ・エレノア・ルーズベルトが議事堂に駆けつけた。アンナはジョージア州のウォームスプリングスの別荘で過ごすと言い出した。

暖かなジョージア州の太陽の下で過ごせば、大統領は元に戻らなくても健康を回復すると言う。ラザフォードは大統領補佐官としてルーズベルト一家に付き添い、ウォームスプリングスの別荘で過ごす。

別荘で二日も過ごすと、大統領の顔に血色が戻ったように見えた。だが、意識は依然として戻らない。

一二月一五日、妻のアンナは大統領職を辞任する書類にサインし、ラザフォードに副大統領ヘンリー・A・ウォーレスへ届けるよう命じた。

日本時間一二月一一日夜一一時、梶原が第四段作戦の内容を精査していると、実松大佐（一一月に昇進）が近寄ってきた。

「梶原大佐、いま傍受したNBC放送によると、ルーズベルトが倒れたようだ。詳しくは、もう少し様子を見なければわからないが」

「まさか、本当か」

梶原は実松大佐の話を聞くと、驚きを隠さずに言った。

梶原に和平交渉を期待する気持が湧いた。すぐにも和平への動きを始めるべきだとも思った。

実松大佐が落ち着いて言う。

「この件は、状況がはっきりするまで伏せておいたほうがいい」

「そうだな。しかし、これで戦局に変化が出るかもしれないな」

「そうあってほしいものだ」

梶原は実松大佐と話しながら思った。

「日本軍はパナマ運河を破壊し、米艦隊を太平洋へ閉じ込めることに成功し、関門捉賊の計を成立させる絶好の機会を得た。

関門捉賊は、門を閉じて敵を殲滅《せんめつ》する計だ。日本人は残酷を嫌う。関門捉賊より和平に邁進すべきかもしれない」

翌日の軍令部作戦会議はいつもの通り開催された。企画班長梶原大佐が第四段作戦について、自分の考えを力説する。

「北米情報担当の実松譲大佐によれば、米国はエセックス級大型正規空母を三三隻、カサブランカ級護衛空母をこの七月から来年七月までの一年間で、五〇隻建造する計画を進めています。駆逐艦にいたっては一〇〇〇隻以上を建造する計画です。しかも艦船の建造は計画通りに進捗しています。

一度勝利を収めても、巨大な米海軍と正面から戦い続けるなら、日本海軍が勝利を収められる可能性はありません。このままでは、一年後に我が国が勝利を得る手段はすべて失われている可能性もあります。

この戦争は、米国に勝つのではなく引き分けに持ち込むことこそが、我が国にとって勝利と言えるのではないでしょうか。

引き分けに持ち込めれば、アジア諸国の独立が推進され、戦後における我が国の地位は揺るぎないものになると考えます」

軍令部次長伊藤整一中将は、梶原の言葉を一縷《いちる》の望みを抱くようなまなざしで聞いた。

「誰だって、ハドソン川で観艦式を行えるとは思っていない。ただ、引き分けに持ち込める方法が見いだせるかである。梶原大佐に何か考えがあると言うのか」

「煮えたぎる巨大な米軍戦力と戦うには、釜底《ふてい》抽薪《ちゅうしん》の考え方が有効だと思います」

「兵法三六計の釜底抽薪か」

「はい、米軍の戦力をいかに削ぐかです。それに必要なのは米国内に反戦機運を盛り上げ、米国民の力を借りて米軍の戦力を削ぐ手立てです」

「その可能性はあるのか」

誰もが梶原と伊藤次長のやり取りを黙って聞いている。

「ルーズベルト大統領は、米国の若者を戦場へ送らないことを公約にして三期目の大統領選挙に臨み、当選しました。今度のZ作戦の結果をスペイン、ブラジル、スウェーデンなどの中立国で大々的に宣伝します。

米国の新聞がZ作戦の結果を記事にしてくれれば、米国民、特に婦人層に反戦機運が起きる可能性があると思います」

伊藤次長は、なるほどという表情を見せた。そして聞いた。

「我が国は避戦の努力を続けた。それにもかかわらず、米海軍の攻撃によってやむにやまれず戦争に巻き込まれた。

米国民に戦争の実態を知らせ、Z作戦の真実を知らせることができれば、あるいは米国民の反戦運動に繋がるかもしれないな」

実松大佐が米国の状況を推測するような様子で言った。

「これは自分の想像です。米国内では、すでに反戦思想が芽生えているように思います。

今は水面下の動きですが、ここで一歩押せば反戦運動が表面に現れると考えます。反戦機運が一度表面に出れば、勢いは増すばかりだと思います。

それともう一つ。開戦前ですが、ルーズベルト大統領は脳溢血の持病があるとの噂を耳にした覚えがあります。脳溢血は深い悩みや心配事が増えれば病状は悪化します。

ルーズベルト大統領にとって、国内の反戦運動ほど深い悩みはありません。第三国を通してルーズベルト大統領に屈辱と悩みを与え続ければ、脳溢血の病状を悪化させることも可能だと思います」

第一部長中沢佑少将は驚いた表情で会話を聞いている。

中沢少将からみれば、敵の弱みにつけ込むような作戦は発想できないし、汚い手段とも感じるのだろう。しかし有史以来、戦争は汚い手段を用いたほうが勝ってきた。

伊藤次長は決意するように言う。

「やってみる価値はあるな。ほかにやるべき方法は」

梶原は陸軍が進めている政策を持ち出した。

「これまで陸軍とも協議を続けてきた東亜連盟締結の推進です。日本はアジア諸国の独立を支援し、援助する政策を、もっと強力に進めるべきです。そのうえで我が国はアジア諸国と連盟を結び、ともに米国に対抗する方法です」

東亜連盟の締結は、特に陸軍の今村大将が必要性を訴え、陸軍参謀本部第八課が中心になって動いている。東亜連盟は中沢少将も諸手《もろて》を上げて賛成している。

伊藤次長は決意を込め、海軍省と協議し、政策実現に力を入れると明言した。

一七日の朝、梶原は出仕すると総長室に呼ばれた。総長室には次長伊藤整一中将と海軍次官井上成美中将の姿があった。梶原に緊張感が走った。

井上次官は小柄だが緻密な頭脳、直情な硬骨漢と評判である。しかし、見た感じからはそんなことは想像できない。

「揃ったな」

井上次官は確認して話し始めた。

「梶原大佐、これから話す内容は一切他言無用である。君はすでにルーズベルトが大統領職を退いたのを知っていよう。

私は海軍次官として、なにがあろうとも和平に向けて不退転の決意で臨む。君にも和平工作の支援をしてもらう。不退転の決意、これを君にも望む。心してもらいたい」

梶原は足のすくむ思いがしたが即座に答えた。

「承知しました。なんなりとお申しつけ下さい」

「これから話すことは、山本海軍大臣、木戸内大臣了解のもとで行っている」

小磯国昭総理の名前は出てこなかった。井上次官はひと呼吸置いた。

「終戦工作は、海軍省が主導権をとって進めなければ成立しない。和平交渉は海軍省の役目だと信じている。

軍令部は米内総長に、海軍省は山本大臣に押さえてもらい、海軍将校には絶対に和平交渉の邪魔をさせない」

井上次官の迅速さは、以前から和平に動いていたとしか思えない。

「和平交渉は常に不測の事態に対処しなければならず、極秘裡に進めなければ成功しない。特に心配なのが陸軍部内の現役将校の動きだ。この点については梅津参謀総長と協議済みである」

井上次官は、小磯総理と杉山陸相を信用していないようだ。

「和平交渉は、少しでも日本が有利になるようになど、よこしまな考えを持たずに進める。それでも国体維持など絶対譲れない条件がある」

梶原は井上次官の言葉を聞いて安心した。

「十分納得できます」

「そこで尋ねたい。交渉の進捗によっては、米軍を叩かなければ先に進めない事態もあり得る。海軍にその戦力があるか」

わかっていようが、一度でも日本が負けたら戦力の回復は難しく、破局へ向かう」

梶原は即答した。

「承知しております。ソロモン諸島のガダルカナル島、ニューギニア南東地域は日本軍の一大航空基地になっています。マーシャル諸島は、先般のギルバート諸島の戦いでしばらくは大丈夫と言えます。

現時点での米海軍の状況です。米海軍は南太平洋を拠点に航空戦力で戦線を整え、日本軍に対抗してくるでしょう。これに対し、日本軍は十分対抗する力があります。

つまり、これから半年から一年以内なら、日本軍は米海軍の攻勢を退ける力を維持できます」

井上次官は満足した表情で総長室を後にした。

一二月一七日、山本海相が辞表を提出し、小磯内閣が総辞職した。

二〇日の月曜日、鈴木貫太郎海軍大将に組閣の大命が下った。陸相畑俊六大将、海相米内光政大将で、これが終戦工作の内閣となる。畑陸相は天皇の希望だという。

そして、軍令部総長に山本五十六大将が就任した。

山本軍令部総長になって初めての軍令部作戦会議が始まった。山本総長の挨拶が終わると、実松大佐が新米大統領について説明した。

「米国の状況について報告します。新大統領ヘンリー・A・ウォーレスは、工業や商業より農業を大事にする農本主義者です。それに、争い事を極端に嫌う性格と聞いています。

アメリカ指導者の中には、戦争も市場確保のための道具の一つだと考える人がいます。しかし、ウォーレス大統領はそのような考え方はしません。逆に言えば、頼りになるのは誠実さのみといっても過言ではないでしょう」

山本総長が自分の思いを語った。

「我が国はアジア連盟締結を進めている。正式名称はアジア条約機構になる。ウォーレスが米大統領に就任したなら、アジア条約機構発足の可能性が高まったと言えよう。

外務省によれば、満州国の張景恵国務院総理、ビルマのバー・モー行政府長官、タイ王国のピー・ピブン・ソンクラム総理大臣、ベトナム人民共和国のホー・チ・ミン主席、インドネシア共和国のスカルノ臨時政府大統領、マレーシアのラジャー・ダト・ノンチック上院議長、カンボジアのシアヌーク暫定行政機構代表、フィリピン共和国のホセ・ペー・ラウレル大統領とアジア条約機構について話し合いを進めている。

このほど共存共栄、独立親和、文化高揚、経済繁栄、安全保障を五原則とする案で、各国と合意にいたった。

中華民国の蔣介石はアジア条約機構への参加を渋っていた。ところが、Z作戦の成功により前向きな発言に変わってきた。

蔣介石はアジア条約機構について協議するため、汪兆銘行政院院長を派遣すると言ってきた。

ここを逃せばアジア条約機構の発足は難しくなる。諸君には、小さな物事にとらわれて大局を見失わないようにしてもらいたい」

誰も異存はない。梶原は過去の苦い経験から思った。

「歴史は勝者によって作られる。日本が米英に負けたら、アジア条約機構が掲げる精神も、日本の傀儡《かいらい》として全世界に植えつけられてしまう」

梶原は、なにがあっても米英に負けてはならないと闘志を燃やした。

昭和一九年に入ると、ドイツ駐在の扇一登中佐がスウェーデンへ向かったとの情報が入ってきた。

扇中佐は梶原と海大同期で語学の達人である。英語でもドイツ語でも通訳なしに交渉できる。現在の所属は海軍省調査課兼軍令部第二課員だ。

さらに、教育局長高木惣吉少将が米国のハル国務長官と接触するため、オーストラリアへ向かったとの情報も入ってきた。

「なんとか和平工作が進めばいいが」

梶原は井上海軍次官の手腕に期待しながらも、第四段作戦をいかに成功させるか、考えをめぐらせることに余念がなかった。


（帝国海軍激戦譜　了）

RYU NOVELS

帝国海軍激戦譜③

ギルバート諸島炎上！

2015年2月23日　初版発行

著　者　和泉《いずみ》祐司《ゆうし》
発行人　佐藤有美
編集人　渡部　周
発行所　株式会社　経済界
〒105-0001 東京都港区虎ノ門 1-17-1
出版局　出版編集部☎03(3503)1213
出版営業部☎03(3503)1212
ISBN978-4-7667-3218-4
振替　00130-8-160266

印刷・製本／日経印刷株式会社

Printed in Japan